遍地痕迹

范小青
著

Stories of Fan Xiaoqing

人民文学出版社

图书在版编目(CIP)数据

遍地痕迹 / 范小青著. —北京:人民文学出版社,2021
ISBN 978-7-02-016985-6

Ⅰ.①遍… Ⅱ.①范… Ⅲ.①中篇小说—小说集—中国—当代②短篇小说—小说集—中国—当代 Ⅳ.①I247.7

中国版本图书馆 CIP 数据核字(2021)第 023753 号

责任编辑　刘　稚　王昌改
装帧设计　李思安
责任印制　任　祎

出版发行　人民文学出版社
社　　址　北京市朝内大街166号
邮政编码　100705

印　　刷　三河市中晟雅豪印务有限公司
经　　销　全国新华书店等

字　　数　160千字
开　　本　880毫米×1230毫米　1/32
印　　张　7.625　插页3
印　　数　1—5000
版　　次　2021年7月北京第1版
印　　次　2021年7月第1次印刷

书　　号　978-7-02-016985-6
定　　价　42.00元

如有印装质量问题,请与本社图书销售中心调换。电话:010-65233595

目 录

遍地痕迹　1

碎片　59

今天你错过了什么　75

无情物　95

邀请函　113

变脸　131

谁在我的镜子里　149

角色　167

旧事一大堆　187

我在小区遇见谁　207

五彩缤纷　224

遍地痕迹

在危重病房醒过来,已经是三天以后了。

因为头部重创,当天晚上发生的事情,全部丢失了,他唯一记得的一个场景,一个印象,就是他推着自行车从家里出来,回头看时,父亲站在家门口朝他挥手。

天色已渐渐地暗下来。

时间虽然不算太晚,但是山区的天,黑得早。

其他所有的一切,全部断片了。

幸好有另一个当事人,刘英。

根据刘英的叙述,和赶来医院的张强父亲的补充,才完整地还原了事情的经过。

在县城工作的张强接到父亲的电话,说隔壁李叔有事找他商量,电话里三句两句说不清,他最近如果能够抽空,最好回去一趟。

张强知道是什么事。李叔的女儿娟子今年高考,娟子的成绩是不用担心的,在县中一直名列前茅,关键是娟子在填志愿的问题上不听大家的意见,她自作主张,想学考古,如果真的学了考古专业,那娟子今后的人生的方向,离家乡,离亲人,离张强,就会很远很远了。这让一辈子生活在山村的父母和村里人都觉得不可理解,不可接受。

李叔想让张强劝劝她。娟子从小个性强,向来自作主张,要说有人说话她能听进去一点,也就是张强了。

张强和娟子从小一起长大,两人亲如兄妹,娟子从会说话以来,就一直喊他哥。

张强是村子走出去的为数不多的大学生,读的是警官学校,毕业后回到县公安局,在刑警大队工作,他是村里的骄傲,是父母的骄傲,更是娟子的骄傲和榜样。

其实在这之前,张强和娟子已经通过电话,一向听张强话的娟子,这回却怎么也听不进劝,坚持要学考古。

这让张强感觉有点奇怪,隐隐约约觉得这里边是有原因的,但到底是什么原因,张强还没来得及细想,就接到了父亲的电话。

那两天他正在参与一件大案的侦破工作,到了关键的时刻,一时走不了,耽误了两天,等到案子一告破,张强立刻请了假赶回村子去。

可惜他已经迟了。

这天一大早,娟子已经走了。这是填高考志愿的日子,老师把参加高考的同学集中到学校,指导大家填志愿。

张强到家,李叔也在,张强听说娟子已经去填志愿了,有些着急,李叔却告诉他,不用担心了,娟子已经听了劝,不打算报考古专业了,更何况,娟子高考发挥得好,分数超出了大家的预期,填报一流大学的一本任何专业都是绰绰有余的。

这事就算尘埃落定了,不过张强还是关心地问了一下,老师到底建议娟子填哪几所学校和专业,李叔有点难为情,他也说不太清。

张强笑着说,李叔,你只负责高兴就行。

李叔的确高兴,女儿辛苦这么多年,总算要熬出头了。不说其他,单说娟子在县中上学的这三年,李叔一家人不知道担了多少心。

县城虽然不算太远,但是路不好走,前些年山区修了盘山公路,通了汽车,如果走盘山公路绕行,那就必须搭乘汽车,否则一两个小时也走不到家。

娟子刚上高一的时候,还没有什么自信,虽然功课不错,但是她的山里口音和穿着打扮,受到一些女同学的嘲笑,比较孤立,所以那时候娟子老想着回家,可是回家太不方便,家里经济条件也差,也没有多少钱让她可以经常乘坐长途车。

有一天半夜,家里人听到有人敲门,爬起来一看,娟子居然回来了,赫然就站在门口,问她是怎么回来的,她笑呵呵地说是搭了一辆从县城过来的货车,就坐在副驾驶的位子上回来的。

这可把家里人吓坏了,好在娟子是遇上了好人,福大命大,没有出事,还十分顺利。

但是家里人越想越后怕,娟子实在太让人操心。那时候张强已经是警官学院大三的学生了,他还记得,李叔专门给他写了信,求他劝劝娟子,不要再冒险,吓死人了。

他已经有手机了,但是娟子还没有,他就给娟子所在的县中打电话,值班的老师把娟子叫来后,娟子一听,顿时笑了起来,说哥啊,你胆子也太小了,你考的是警校吗,你今后出来是要做警察吗?

张强说,娟子,这不是胆子大小的事情,这是防范意识,没有防范意识,迟早要出事的。

娟子继续笑道,哥,你这是咒我要出事罢。

张强急了,说,娟子,我怎么会咒你呢,可是你的防范意识太——就算你自己不怕,可是你想想你家里人,你爸你妈,一直在为你担惊受怕——

好了好了,哥,我答应你,娟子爽快地说,至少,我向你保证,我不会再搭陌生人的车回家。

虽然娟子嘴上答应,可张强了解娟子的性格,大大咧咧的,所以尽管娟子承诺了,但是张强心里,一直是隐隐不安的。

好在后来娟子渐渐适应了县中的生活,也融入了那个大集体,回家的次数也就越来越少,她把精力和时间都用在学习上了。

后来再也没有发生过随便搭陌生人车的事情。

其实,从县城返回,另外还有一条近道,村里人如果急着要到县城,有时候也会走这条道的,那全是山路,但是只要有力气,会爬山,翻过几个山头,就到县城了。

当然,村子里的人,有的是力气,也很会爬山,他们从小就爬山。他们爬山,和平原地区的人走平路差不多。

只是山道比较偏僻,而且自从有了盘山公路,翻山的人也渐渐地少了,村里有些比较富裕的人家买了摩托车,甚至汽车,同村人要搭个车,那都是很自然的事情,所以,那条曾经连接山村和县城的山道,已经渐渐离他们远去了。

李叔告诉张强,今天娟子填了志愿,她就会返回,只是李叔并不知道她是坐车从盘山公路回来,还是会心急地翻山回来。

娟子从小胆子大,性子又急,如果搭不到车,她很可能就翻山回家了。

李叔已经给娟子发了短信,让她不要翻山回来,今天如果搭不到车,可以明天回来的。

娟子没有回信,也许她正和老师一起研究着怎样上到最理想的大学呢。

张强听了李叔的话,有些担心,张强说,李叔,要不你再发个信,让娟子还是别走山道吧,山道不安全。

李叔倒不太担心,李叔说,没事的,娟子胆子大,这几年她回家,多半是走山道的,她才不怕,呵呵,像个男孩子。

张强说,说心里话,我是一直担心她的。

李叔停顿了一下,又说,嘿嘿,没事的,反正今天最后一次了,考上大学就好了,就不用翻山回家了。

张强的父亲也对李叔说,恭喜你们啊,书包翻身了。

李叔高高兴兴地回去了。

张强和父母亲聊了一会天,因为第二天一早就有重要任务,张强来不及等母亲做晚饭了,扒了几口中午的剩饭,就出发返回县城。

他推着自行车出门时,回头看,父亲正站在门口朝他挥手——这是张强这一趟回家,留下的唯一的一点记忆。其他的关于他回家的所有内容,都是父亲叙述出来的,张强已经没有一丁点印象了。

不过,他当然是相信父亲的。

另外的一部分,是刘英叙述的。

刘英和娟子是同学,这一天她们一起到县中填报高考入学志愿,傍晚时分,她们一起走出校门,虽然正是夕阳西下,但是两个女孩子看到的却是未来的灿烂的阳光。

乡间的末班车已经开走了,现在,她们要么走回家去,或许在路上能搭到车,要么在县城再住一个晚上。

她们决定回家。

今天和往日不同,今天也许就是她们人生的一个崭新的开始,她们更愿意和亲人分享这个日子。

两个女孩子在县城的西北方向分头而去。

其实她们本来应该是同路的,从县城出发,如果走盘山公路,先经过刘英的村子,再往前不到十公里,就是娟子家所在的村子小藤村。

只是事情十分明显,娟子不想走盘山公路,万一搭不到顺风车,得花费数倍的时间,她更愿意"噔噔噔"地一口气翻过几个山头,就到家了。

刘英不如娟子胆大,她更愿意到盘山公路去碰碰运气。

刘英果然运气不错,刚走出县城上公路,就搭到了一辆车。一切的事情,就是从这辆车开始的。

上车的时候,刘英并不知道这是一辆黑车,她还十分奇怪,她走在路上,听到身后有车过来,她停下来,手一伸,车就停在她身边了。

刘英起先是有点犹豫的,但是看到车上除了司机,另外还有三个人,他们正和司机说说笑笑,刘英也就放松了警惕。这时候司机告诉刘英,他开的是黑车,车上的三个乘客,同意拼车,所以他才停下来,问一问刘英要到哪里,看看顺不顺路。

开黑车在这一带是十分正常的事情,刘英似乎也没觉得黑车会有什么问题,既然是顺路的,人家也愿意挤一挤带上她,她没有过多考虑就上车了。

后来刘英反复回忆,她几乎不敢相信这件事确实发生过,而且,确实就发生在她身上。生性谨慎又胆小的刘英,说什么也不可能如此轻易就上了这样一辆车,肯定没有麻醉药、迷幻药之类,如果一定要给出解释,恐怕只有两个字:命运。

刘英的命运在山路上打了个转。

当然,不仅仅是刘英。

刘英上车以后,知道那三个乘客的路要比她远一点,她会先下车,下车的地方,离村口只有一小段路,刘英彻底放心了,至今她还记得,她听到乘客和司机在谈论前不久发生的一桩黑车抢劫杀人案,说得刘英心惊肉跳,他们却像在谈什么风花雪月的故事,刘英心底里,就渐渐升起了一丝不祥的感觉。

7

好在车子很顺利就到了刘英家村子附近,这儿有个乡间班车的停车点,司机将车子停稳,收了刘英的车钱,刘英下车,车子就继续往前走了,一切就是这么顺利。

刘英心里的那一丝不祥预感也飘散了。

天色渐渐地暗下来了,刘英的心情却是一片明亮,她哼着欢快的歌曲,沿公路拐了个弯,往村子走去,她很快就能看到村子里的炊烟,这正是家家户户做晚饭的时间了,她甚至已经听到村庄的声音了。

忽然间,刘英停止了她的哼唱,因为她听到了背后的脚步声,越来越快,越来越近,她还没有反应过来,她的嘴和脸,就从背后被人捂住了。

与此同时,她口袋里的手机也被抢了。

是车上的那三个人。

刘英想挣扎,但完全没有用,三个男人对付一个弱女子,根本不需要费什么力气,吓也把她吓瘫了。

刘英心知不妙,她克制住慌乱,先是放弃了抵抗,然后低下头,想向他们表达出自己驯服的意思。

果然,那三个人稍有点放松了,其中一个说,别捂太紧了,小心闷死了。

另一个不同意说,放开了万一她喊呢,这里离村子不远,喊声听得见。

再一个说,还是捆起来放心。

他们肯定是有预谋的,是有备而来的,因为他们竟然随身带着捆绳和胶带。

现在刘英只有眼睛是可以使用的,刘英的眼睛里流出了眼泪,是后悔和恐惧的眼泪。但是,后悔已经来不及了,恐惧笼罩了她。

哭,现在就哭了?他们中的一个人开始嘲笑她。

另一个人说,别跟她啰嗦,赶紧走。

他们推搡着她,拉扯着她,往远离村子的方向走。刘英的嘴被紧紧地封着,喊不出声,就算她能够喊出声来,现在,他们离村子越来越远,村子已经听不到她的喊声了。

那个嘲笑刘英的比较多嘴,闷着头赶路觉得无聊,他又说话了,他说,咦,季八子的消息蛮准的,他说今天会有高中生走山路,果然的。

刘英顿时想到,原来除了这三个人外,他们还有同伙。

有同伙又怎么样,没有同伙又怎么样,她已经落在他们手里,命运已经拐弯了,她并不知道等待她的将是什么,她只知道,那一定是噩运。

绑票?拐卖?奸杀?

天色越来越黑,走在路上已经看不清任何东西了,刘英一直指望着能有汽车路过,可是山区公路本来车就很少,何况已是晚上,他们走出一大段也没见到一辆车。

其中一人看出刘英的心思,说,你别妄想了,就算有车来,你也招不了手,就算你能招得了手,人家也不会来救你,现在谁也不想惹事情。

9

另一个帮衬说,是呀,大黑夜的,谁愿意在山路上停车,多危险呢。

刘英被他们说准了心思,顿时泄了气,眼帘低垂,她还指望他们能够良心发现,觉得她可怜,然后——

没有然后。

他们早已经不理睬刘英,他们压根就没把她放在眼里,他们对待刘英,就像对待一件物品,一件本来就属于他们的物品。

在他们那里,搞一个人,真的并不是那么难,似乎一切都是轻而易举的。

也许,甚至,杀一个人,也就如杀一只鸡那么简单。

刘英悔之不及。

走在黑夜里,他们开始聊天。

哎,你们说,这个妞,破没破瓜?

你想知道?你试试罢,嘻嘻嘻。

真的?我真的可以试?

你问老大。

哥,我想试试,嘿嘿。

老大呵斥他说,闭嘴,你都干了多少回了,你不知道破瓜和没破瓜的,要差多少?

那个,我知道的,我只是想试试,哥你看,这夜路上,一个人也没有,不仅我可以试,干脆我们三弟兄都尝尝。

刘英简直要吓晕过去了,她的手膀子被捆得很紧,一动不能动,她只能拼命眨眼睛。可是天黑了,他们看不见她的眼睛。其实,就算他们看见她在眨眼睛,他们会放弃他们的邪恶吗?

不会。

老大仍然不同意,老大说,你试一试,你爽了,我们得少赚多少,不知轻重的家伙!

刘英在慌乱中作出了判断,这是拐卖妇女的团伙,他们要的是钱,她要镇定自己,先保住生命。

那个不知轻重的家伙心有不甘,守着如花似月的女孩子,他不能安分了,他躁动得不行,他不满意地说,哥,每次你都弄个老菜帮子给我,我跟着你,干了这么多年,哥你好歹也让兄弟我破个处啥。

那老大是个会做老大的人,不和兄弟明斗,耍花腔说,要破也不难,你得等我们谈了好价钱,等买家付了款,查过身子,认了账,你再破。

那家伙急得说,那多难哪,人家付了钱,人就带走了,哪里还轮得到我?

老大说,你别急,有的是办法,到时我们哄他们多住一晚上再走,你不就得手了。

另一人说,老办法,给他们弄点睡觉的药,让他们做个美梦,嘿嘿嘿。

那个火急火燎的家伙说,那说好了啊,她的瓜必须我来破,你们要排在我后面的啊。

老大敷衍他说,排队排队,你先用,放心吧。

11

他们三个都笑了起来,他们真的把刘英当成物品在那里讨价还价。

刘英已经万念俱灰,她的眼泪差不多流干了。

刘英看到过许多拐卖妇女的报道,有些人贩子手段相当拙劣,甚至非常低级,刘英也曾经和其他女生一起议论过,都不敢相信那些被骗被拐的女孩怎么会这么轻易就上当,她们也从来不会想到有一天自己会碰上这种可怕的事情。

但是可怕的事情已经来了。

刘英甚至想到了死,她想一死了之。但是一想到死,她心里就哆嗦,她不想死,年轻的女孩子,怎么可能和死连在一起,美好的生命还刚刚开始,但是如果活下去,很可能就是生不如死呀。

刘英也甚至想向人贩子提出拿钱换人,虽然家里也许拿不出多少钱,但是为了救女儿,父母一定会想出办法来的。

可惜,人贩子根本不给她谈判的机会。

他们根本没有把她当人。

他们又走了一段,那个老大掏出手机看了看时间,说,应该快到了,再走下去,差不多要回到县城了。

另一个兄弟说,老大,你没有记错约定的时间地点吧?

老大说,呸,你见我出过错吗?

那兄弟刚要说话,老大忽然"嘘"了一声,大家顿时屏息凝神,四围一片寂静,就听到了嘎啦嘎啦的车轮声,像是一辆旧了的自行车。

声音是从背后传过来的,不等这三个人贩子回头,飓风一般的,一个黑影就冲了过来,猛地刹车后,他将自行车推倒在地,一个人只身扑向三个还没有反应过来的人贩子。

在后来很长的一段时间里,刘英一直反复地回想当天晚上发生的一切,回想张强冲过来的那一瞬间的情形,恍若在梦中她挣开绑在手上和眼睛上的绷带。

猛然间一回头,借着月光,她看到一张黝黑的英俊的脸庞,一双炯炯的大眼睛,喷着愤怒的火花。

张强一对三和人贩子开打了,他是警校出身,自然会打,可是人贩子毕竟有三人,张强感觉到自己占不到上风,一边打一边对着刘英持续大喊,你,快,快报警——他看刘英呆若木鸡,又喊道,打手机,打电话呀!

刘英急得哭起来,手机,手机——

张强明白了,手机早已经不在她身上了,他立刻喊道,快,你骑车走,到县城去喊人,你,快骑车,到县城,喊人——

刘英呆住了,身子居然一动也不会动。

张强急得大骂,你听不懂人话?你他妈找死啊?你有没有脑子啊?你什么什么什么——

刘英渐渐回过神来了,她狠狠心,一跺脚,赶紧骑上车,往县城方向飞驰,她曾经想回头看一看,但是她不能回头,她一回头,很可能就走不了了。

刘英并没有骑到县城,刚骑出一段路,迎面就来车了,是一辆警车,迎着她停下来,原来是那个黑车司机回去报了案,带着警察来了。

等他们再赶到事发地点,三个人贩子已经不见踪影,张强昏迷在地,头部受了重伤。

三天以后,张强在医院里醒来了。

但是他什么也不记得了。

后来通过刘英和自己父亲的讲述,他才得以把那天傍晚发生的事情断断续续地串联起来。

只是,因为不是自己的记忆,他总觉这些事情和他自己这个人,中间似乎隔着些什么,或者说,这中间缺少了什么,也许过程中还有哪些是他们所不知道的,只是因为自己已经丧失了这一部分记忆。

他们的叙述其实并不完整,张强从家里出来,到盘山公路上看见了人贩子绑架刘英,这一段时间,是空白的,是彻底丢失了的。

父亲和刘英也无法帮他捡回来。

好在刘英被救下了。

张强醒来的时候,刘英的父母亲给他跪下了,可刘英却不在医院,按理她应该守护着救命恩人的,可是她却不在。

她在最后的时间里,修改了自己的高考志愿,把自己的第一志愿和所有志愿都改成了警校。

就是张强曾经就读的那个学校。

张强醒来后,需要在医院继续治疗和观察,局里领导和刑警队的同事来看他,都是急急忙忙,到一到就走了,说是有重要的案子,张强问是什么案件,他们都不细说,刑警的副队长老金对张强说,你安心养伤,等你出院,说不定案子已经破了。

这期间,刑警队长老钱一直没来看他,老金告诉他,钱队被市局喊去汇报案情了。

张强就想,是个大案。

其实,他早就觉察出这是个大案,虽然大家尽量让口气显得轻松,但是张强向来敏锐,他能听出来,他能感觉出来,碰上大案了。

下午阿兵来看他时,他就直截了当对阿兵说,是发生在山上的案子?

阿兵奇怪,你怎么知道,金队告诉你了?

张强说,你们的鞋上,都是泥。

阿兵下意识地看了看自己的鞋,那泥土的颜色黑中略带点红,有些特殊。

就在那一瞬间,张强心里忽然有了一种预感,有一种非常不祥的预感。

他的预感向来很准。

这一回也一样。

是娟子。正是他一直提心吊胆、一直担惊受怕的,娟子真的出事了。

那天晚上,娟子和刘英在县城分手,娟子一口气翻过几个山头,她站在离村子最近的那个山头,望着生她养她的那片土地,天已经黑了,已经看不见了,但是娟子闻到了村子的气味,她听到了村子的声音,娟子笑了。

她不知道,危险正在向她逼近。

一条鲜活的生命,就这样被剥夺了。在僻静的黑色的山路上,娟子被人残忍地杀害了。

因为案发时间是夜晚,又在人迹稀少的山头,一直到第二天中午,才有翻山路过的村民发现了死去的娟子。

张强的心一直往下掉,往下掉,掉到一个无底的深渊,他受了伤的脑袋好像又重新裂开了,他不能再在病床上躺下去了。

张强跳了起来,拔掉输液管,直奔案发现场。

已经过了侦破命案的七十二小时黄金时间,案发现场早已围封,空无一人。该取的痕迹和证据,队友都会细心提取的,张强这时候再到案发现场,并不是来寻找蛛丝马迹的,他是来和娟子告别的,只是他万万没想到,竟然以这样一种方式和娟子告别。

他都还没有来得及向娟子说出他的心思,娟子永远地带走了他的初恋和爱情。

他的脑袋瓜子终于承受不了了,他抱住自己的开裂的脑袋倒了下去。

当他再次醒来,发现自己泪流满面,身上沾满了黑中带红的泥土,这是他家乡的泥土,这是娟子丧命于此的泥土,他站起身,朝着空旷的山野,他想高声喊叫。

但是他埋下了喊叫,将它深深地埋在心底的最隐秘的地方。

有人说过,所有的案件都是人做的,所有的作案人都会留下痕迹的。

但是,在李娟案的现场,却没有留下任何的痕迹。或者换个说法,现场可能留下的任何痕迹,都被清除掉了,脚印,指纹,血迹,物品,什么也没有留下。别说可能存在的另外的一个人或几个人,别说是杀害娟子的凶手,就连娟子自己的脚印,也被抹得干干净净,好像娟子出现在那里,是从天上下来的,是从地底下冒出来的,是从一个不存在的地方来的。

不难判断,凶手处理现场有丰富的经验,是个老手。

唯一能够推断出死因的,就是娟子脖子上的勒痕。娟子是被掐死的。

那就是说,除了凶手的那双手,根本就没有作案工具。

张强在一无所有的案发现场找了又找,寻了又寻,恨不得挖地三尺,恨不得把整座山翻个转,可是除了泥草和植物,真是一无所有。

悲伤、愤怒和沮丧的情绪,一直裹挟着他,他冷静不下来,一直到他在现场一无所获、不得不离开的时候,他才渐渐冷静下来,他往小藤村的方向走了一段,踩到了一件东西。

是一根细藤带子。

细藤带子,在这一带太普遍了,小藤村之所以村名叫小藤,是因为这个地区有一种特殊的产物:细藤。小藤村周边的山上产的藤条,比别的地方的藤条要细得多,但它的韧性却非常强,带有一股天然的清香味。

因为细藤十分柔软,村里很多人,都用细藤编织成细藤带子,做自己的生活用品,比如男人用它们当裤带,女人会用它做吊带衫的吊带、扎头发,用它编织手袋,等等。

在一个细藤遍野的地方,地上的一根细藤带子,为何能让张强的神经为之牵动?

张强因为悲伤和愤怒,已经完全看不清自己的内心世界了,他只是弯腰将这根细藤拣了起来,随手塞进口袋。

在成立专案组的时候。局里也曾经有人提出,担心张强感情用事,想让他回避这个案子。但是刑警队的同事又都十分了解张强,专案组里有他没他,他都不会放弃,他都会拼了命去破这个案子的。再说了,山区的地形和其他方面的情况都比较复杂,只有张强,对自己的家乡,对生他养他的那片土地,是最了解、最熟悉的。

命案侦破的黄金时间七十二小时,张强在昏迷之中,一想到这个,他心里就涌起难以克制的内疚和懊悔,都怪我,怪我,我要是没有受伤,一定不会错过七十二小时的,我熟悉那个地方,那个地方,我闭着眼睛也能——

金队说,强子,你别胡思乱想了,怎么怪你呢,你救了刘英,你立了三等功,你——

张强只是摇头,说不出话来,金队心里也十分不好受。

虽然娟子比张强小好几岁,但是他们从小一起长大,他一直视她为妹妹,等娟子长大后,他发现,自己非常喜欢这个妹妹,而且,早已经不是喜欢妹妹的那种喜欢了。

就在张强回队的这天,法医的第一份鉴定报告出来了,娟子身上,有撕打的伤痕,警方获得了一条极为重要的也是唯一的线索,通过娟子指甲缝里的一星点点皮肤组织,确定了一个人的血型:A型。

接下来破案工作立刻有了方向,先是让案发地小藤村的适龄对象,全部进行血检,排查出十二个 A 型血的人,排除了没有作案时间的,排除了老弱病残没有作案能力的,排除了已经失去联系三年以上的。

最后剩下两个人,不能排除。

一个是村里的二混子,叫毛吉子。这毛吉子生性懒惰,好吃懒做,年纪轻轻到处混日子,四处游荡。你要找他吧,他好像长年累月都不着家,你不想见他吧,他又总是会在你面前晃荡,给你添麻烦。

找到毛吉子并不难,张强和金队就守候在他家,毛吉子的爹娘也不为毛吉子说话,更没有丝毫给毛吉子通风报信的想法,老两口中还骂个不停。

张强和金队只守了半个小时,就看到毛吉子晃荡晃荡地回来了。

一看见张强和金队,毛吉子吓蒙了,愣了一会,转身就跑。

张强三步两步就追上他,揪住,拉到金队面前。

毛吉子立刻腿软了,打着哆嗦说,强、强、强子哥,别、别抓我——

张强说,你为什么要逃跑?

毛吉子说,我、我犯事了?

张强心里猛地一刺痛,眼前顿时闪现出那个傍晚在隐秘的山区里发生的情形,毛吉子在偏僻的山道上拦住了娟子,上前紧紧抱住娟子,娟子拼命挣扎,毛吉子无法得手,恼羞成怒——

难道真是毛吉子——张强的眼前里要喷出火来了——就在火光的另一边,某一个阴暗的角落,张强感觉到那里有一个人,一直在看着他们,但是他看不见他的脸,看不见他的身形,只是感觉到他的存在。

金队感觉得到张强的异常,他怕张强冲动,赶紧接过话头问毛吉子,你回忆一下,六月二十八日下午六点到十点之间,你在什么地方?

张强似乎比毛吉子还要紧张,但他忽然觉得,自己完全不能明白自己内心的想法,是希望毛吉子有作案时间,还是不希望他有作案时间?

他不知道。

脑子里一片空白。

不,脑子里满满的都是当天晚上的幻象。

就听得毛吉子说,让我想想,让我想想——毛吉子的声音渐渐带起了哭腔,我想不起来了,我真的想不起来了,我全忘记了。

金队说,才几天时间,你就忘记了?

毛吉子支吾着说,我,我,我可能,可能,是在犯错误——

犯错误?张强简直要暴跳起来,他把娟子杀了,他说自己是犯错误?

金队拍了拍毛吉子的肩,让他冷静一点,金队说,毛吉子,如果你说不出这个时间段的去向,而且没有人能够证明你这个时间在干什么,结果是什么,你应该知道的。

毛吉子当然知道,他说,我知道,那就是我杀了娟子。

毛吉子的爹忽然冲了过来,一把揪住毛吉子的衣襟,连扇了几个耳光,才被金队拉开。

老爹气得大骂,你这个杀人坯子,你个杀人坯子,我早就知道你是个杀人坯子——

毛吉子捂着脸,嘟嘟哝哝地说,为了证明你的说法是对的,就算是我杀的吧。

他爹更是气疯了,再次上前揍他,骂道,你个混账东西,杀人这事情也可以"就算"啊,你吃屎长大的?你脑子里灌的是尿啊?

这俩父子说话没个正经,做父母的也不为儿子作证,既然毛吉子不能证明自己,金队和张强当场就带走了毛吉子。

毛吉子被铐上手铐的时候,冲着父母亲大笑说,啊哈哈哈,爹、娘,你们终于有了一个杀人犯儿子。

其实金队和张强都是有经验的,毛吉子应该不是凶手,但是毛吉子不能证明那个至关重要的时间段他在哪里,这是案件的关键核心。

经验有时候也会走眼的。

审问毛吉子的过程,简直就像是和毛吉子在玩弄时间游戏。

金队:再问你一遍,六月二十八日晚上六点到十点,你在哪里,有人和你在一起吗?

毛吉子一口咬定:我忘记了,我真的忘记了。

金队和张强交换了一下眼色,金队说,那好吧,既然这个时间你说不清楚,那我们换个方向提问了。

毛吉子说,好的好的,你们问什么都可以,只要我能记住的,我一定如实坦白。

你为什么要杀李娟?

毛吉子愣住了,想了一会才缓过神来,咦,他说,你们换个方向,换到这个方向了,直接就问我杀人的事情了。

金队说,杀人的事情你不会也忘了吧?

毛吉子哭丧着脸说,队长、强子哥,我的记性,我最近的记性,真的不行了,我怀疑我得什么病了,他们说人老了就会忘记事情,可是我还没老呢,我怎么就都忘记了呢?

张强气得踹了他一脚,你忘记了?你连杀人的事情都能忘记?

毛吉子说,强子哥,你脚下还是留情的,踹得不算太疼,因为我知道,因为你知道——

闭嘴!张强喝止了毛吉子的胡扯,你老实交代,你是怎么杀娟子的?

毛吉子夸张地喊叫起来,喔哎哎,你们一步一步紧逼啦,刚才队长问是不是我杀了娟子,这会儿你强子哥就直接问我是怎么杀娟子的,我知道,你们是先入为主的,你们认为是我杀了娟子,所以你们才会这么直接地问我,你们算什么警察,警察哪有这么破案的。

金队说,那好吧,我们不先入为主,可是你在家的时候,对你父亲说,"就算"是你杀了娟子,那你说说"就算"的意思,或者,我们换个说法,如果是你杀了娟子,你为什么要杀她?

毛吉子来情绪了,那,那当然,因为我,我喜欢她,我想、想和她××,她不同意,她还骂我,她还打我,我一生气,就把她砍了。

张强脑海里的幻象又出现了,但不是毛吉子形容的那样用刀砍人,而是有一个人用手紧紧掐住娟子的脖子,娟子拼命挣扎——张强憋闷,窒息,他挣扎着,想摆脱,就在这时候,他又感觉到了,在现场的某个角落,有一个人,在看着他们,他看不见他的脸,看不见他的身形,但是他能感觉到有一个人在那里。

他依稀听到金队在问:你砍了她几刀?

毛吉子说,八刀,哦不对,不止八刀,有十几刀,我那把刀,太钝了,我没有时间磨刀。

你身上一直就带着刀,你有预谋?

是呀,我本来是预谋去割细藤的,怎么结果变成砍人了呢?

张强劈头给了他一记头皮,你还割细藤,你个混账东西,你在小藤村活了二十年,满山都是细藤,可是你知道细藤长什么样子?

毛吉子居然笑了,还是强子哥了解我,我不瞎说了,我说什么强子哥都知道我在瞎说。

那你到底带了刀没有?

毛吉子挠了挠头皮,刀?刀好像是带了的,要不然拿什么砍人呢,我的手,细皮嫩肉的,总不能当成刀砍人吧。不过我带刀不是打算割细藤的,强子哥说得对,我才不会割细藤呢,我就是个好吃懒做的货。

那你带着刀干吗?

毛吉子又难住了,他想了又想,是呀,我好端端的带把刀干吗呢,我是要杀鸡吗?

金队也被搞毛躁了,一甩手,走出了审讯室,张强跟了出来。金队说,算了算了,这狗东西,叫他滚。

气话是这么说,但是虽然可以肯定不是毛吉子干的,暂时还不能放他走,他的时间还是有问题,他没有不在场证明。

他们吃了盒饭,也给毛吉子吃了,毛吉子高兴地说,啊咦,还有饭吃,不是说不让睡觉不让吃饭的吗?

呸!

张强心里一冒火,脑海里的幻象又出现了,在那一个夜晚,那一个现场,现在的某一个阴暗的角落,那里有一个人,一直在看着他们,张强看不见他的脸,看不见他的身形,只能感觉到他的存在。

无论毛吉子有多么无赖,多么难对付,他们都得把他的时间逼出来,敲落实了再放人。于是,饭后接着再审。

金队已经知道无望,都懒得和他啰嗦了,由张强和阿兵负责审问。

连张强也已经黔驴技穷了,只得反着来问,如果不是你干的,我们铐你,你为什么不抗议?

毛吉子说,强子哥,嘻嘻,我没有吃过手铐,尝尝鲜,没想到铐得这么疼。

你自己承认是你杀了娟子,你就不怕我们信了你,判你死罪?

毛吉子说,这个不会的,你们不会冤枉我的,强子哥,你比包大人还厉害,比福尔摩斯还聪明。嘿嘿。

那你为什么要瞎说八道,你难道不知道,提供伪证也是犯罪?

我没有想提供伪证,我确实是吃不准,我最近的记忆不行了,我的脑子大概出了问题。

金队突然闯了进来,问了一句:你脑子出了什么问题,对时间记不住吗?

毛吉子说,时间?时间是什么?我确实有点搞不清。

金队火冒说,那你就在这儿待着吧,哪天你把时间搞清了,哪天再说。金队一甩手出去了,还让张强和阿兵也退出去。这是金队的惯用手法,张强和阿兵领会,假装起身要走。

果然毛吉子急了,哎,哎——强子哥,你们不能不管我,我可不能天天在你们这里混吃混喝,这不好意思的,罪过的——你让我再想想,六月二十八日晚上六点到十点是吧,我在哪里,我在哪里,啊呀呀,我想起来,我和大头在一起,在梅镇的天上人间唱歌。

阿兵立刻去了解大头的情况,电话打到大头那儿,大头一听,气得说,毛吉子和我唱歌?和鬼唱歌吧!我出来打工三年多了,一次也没有回去过,除非我死了,我的鬼魂回去了,他和我的鬼魂在唱歌吧。

毛吉子有点难为情,抓耳挠腮,装模作样想了半天,眼睛又亮起来,说,我想起来了,我想起来了,这回是真的,肯定是对的,那天晚上,六点到十点,我和二柱子在桃花镇洗脚,就是,就是那个,他们称之为足浴。

张强气得说,你牛,你厉害,又唱歌,又洗脚,你咋不去嫖呢?

毛吉子说,我想去的,但是钱不够,贱货太贵。

再找到二柱子一问,是有和毛吉子一起足浴,但不是六月二十八,是半年前,冬天。

毛吉子后来又回忆起一件事,说是六月二十八日晚上六点到十点间做的,是给邻村一位去世的老人穿寿衣。又核实下来,确实是有穿寿衣的事情,但是发生在一年前了。

金队又气得从外面冲了进来,暴跳如雷,不像个队长了,反倒是张强劝他说,金队,你别生气,我跟你说,这家伙,就这么个人,哦不,这家伙,简直不是个人。

有一回毛吉子在镇上溜达,看到街上贴了一个通缉令,上面写着,在某月某日某时在某超市发生了抢劫案,当时店里只有一个店员,店里的监控录下了罪犯的背影。

通缉令刚贴出去,毛吉子就打了张强的电话,说要自首,说他看到通缉令,就立刻想起来了,就是那天的那个时间,他正是在那个店里,那肯定就是他干的,他知道自己逃不掉,还是自首吧。

其实,监控录像里录下来的,根本就不是他。

毛吉子自己也不解,奇怪说,咦,我怎么一看到通缉令上写的东西,就觉得那是我,我确实是进过那家超市的呀。

再把监控录下的内容往前看,毛吉子确实在那家超市出现过,只不过不是发生抢劫的那个时间。

毛吉子配合着张强的叙述,补充说,是呀,那回我真以为是我干的呢,我去找强子哥自首,强子哥臭骂我一顿。

金队莫名其妙地看着毛吉子,又看看张强。

阿兵也觉得糊涂了,说,毛吉子,你连中午和晚上都分不清?

金队火冒地说,你是有意跟我们捣乱吧,你是要干扰破案吧?

毛吉子急了,赌咒发誓说,队长,强子哥,还有这位警察哥,我可不敢干扰破案,可是,可是,时间对我来说,真是没什么意思的,我要时间干什么?反正我就是一天一天混日子,每天和每天,每时和每时,都是一样的,无所谓的啦,我要搞清楚它干什么呢?

毛吉子的这些破事,竟然为难住了金队和张强这样的辣手侦探,一时就僵持住了,李娟案,既可以证明不是他干的,又不能证明不是他干的,这算什么?

幸好,过了一天毛吉子的父亲来了。虽然他骂毛吉子的时候毫不嘴软,毫不留情,恨不得把自己的儿子骂死,但是到了毛吉子真的处在生死边缘的时候,父亲还是要来拉他一把的。

毛吉子的父亲是带着证据来的,证据就是他们家的一个邻居二狗子,二狗子提供了毛吉子不在场的证明,那天晚上那个时间,他和毛吉子两个去偷邻村的鸡,然后跑到梅镇的小饭店去把鸡煮了,喝了半晚上的啤酒。

关于时间的准确性,二狗子也提供得十分精确,几个节点,都得到了印证:1.在去往偷鸡的路上,走到村口时,刚好看到张强骑上自行车离去,那大约就是六点出头一点;2.偷鸡的时候,听到了失主家的电视里《新闻联播》开始的声音,那是七点钟;3.失主追赶他们的时候,二狗子还抽空给另一个朋友发了一个信息,让他到梅镇饭店吃鸡喝酒,这条信息还在,是七点二十分发的;4.梅镇饭店的时间,没有见到那个朋友和他们会合,他又发了一条信息追问,那是七点五十;5.后面他们一直在饭店吃鸡喝酒的情况,由饭店店主提供了证明。

最后又和被偷鸡的邻村的老乡核对过,不仅是时间,连偷了几只鸡、鸡长什么样子都对上了。

真相大白,毛吉子可以走了,就在他们离开之前,张强突然问二狗子,你们偷鸡,毛吉子带刀了吗?

二狗子"扑哧"了一声,说道,毛吉子带什么刀,不用刀的,你别看他手小,偷鸡的本事可不小,手一扭,鸡脖子就断了。

张强听到"断了"两个字,眼前一黑,忽然间,幻象又冒出来了,那个夜晚的山道上,娟子被紧紧地掐住了脖子,黑暗中,有一个人一直看着他们。他看不见他的脸,看不见他的身形,但是他知道他在那里。

毛吉子走了。

小藤村 A 型血这条线索,还有一个嫌疑人,叫许忠。

许忠是在案发前一星期离开小藤村外出打工去了,到了广东某县,并且给家里发过报平安的信息了,但是奇怪的是,他给家里发的信息,却是在李娟案发后的第三天,难道他在路上走了那么久。这条线索有可疑之处。

根据许忠给家人提供的信息,张强和阿兵赶到广东,很顺利地找到了许忠。

这是许忠临时租住的一个农家小屋。

信息是准确的。

说明许忠并没有撒谎,可奇怪的是,许忠看到张强的时候,神情显得有些紧张,两只眼珠子骨碌碌地转着,两只手下意识地在裤腿上蹭,好像要蹭干净了和张强握手。

不过最终他也没有伸出手来,只是看着张强说,你、你是强子嘛,干吗这么远跑来找我?

张强请他坐下,他不坐,却说,你说,你说,你有话就说,坐什么坐。

张强觉得挺奇怪,这个许忠,在村里一向忠厚老实,怎么才来广东几天,就变了个人似的,说话奇奇怪怪。

张强虽然有点奇怪,但对于许忠的性格变化什么的并没有往深里想,他一心只想尽快破案。

所以抛开别的疑惑,直接提问:你是几号离开的?

二十三号。

有证明吗?

许忠眼珠子又转了转,理直气壮地说,证明?为什么要证明,小藤村快都憋死人了,我出来打工,见见世面,赚点钱,就是这样,强子你又不是不知道,这还需要证明吗?

那你二十三号出来,是乘坐什么交通工具的?

许忠咧嘴笑了,嘻嘻,强子,乘坐什么交通工具,文绉绉的哦。

阿兵有点急了,说,你直接回答问题,你是怎么到广东的?

许忠说,你是谁啊,我和强子说话,你插什么嘴。

张强说,老许,别废话了,你知道我们是干什么的,你就知道我们来干什么。

许忠说,哟,强子,你还学会了说话绕圈子,你是抓坏人的,你来找我,你是想抓我,那就是说,我是坏人啰。

张强说,你说话才绕圈子,你把二十三号车票拿出来我看看。

许忠又笑了,说,车票,你怎么认定是车票呢,这么远的路,我不会坐飞机来吗?

张强火了,激将他说,飞你的个头,我还怀疑你根本没有买票,你是混上车来的吧。

许忠说,你说话要有证据噢,我怎么没有买票,现在又不是从前,想逃票,难呢——一边说,一边在一个破旧的包包里掏呀掏呀,张强和阿兵都认为他在做戏,假装找票,最后肯定会说,哎呀,票丢了。

可是许忠偏偏还把车票找出来了,递给张强,说,喏,你说我逃票的,我逃了吗?

张强接过车票一看,是二十九日的票。

张强心里"怦"地一跳,赶紧压抑住紧张和激动,说,你说是二十三号来的?

许忠说,是二十三号。

张强把车票塞到他眼前,说,那你看看,这是几号的票。

许忠一急,想把张强手里的票夺回去,可张强怎么可能让他如愿,将票高高举起,说,你怎么解释,二十九号的票?

许忠的神色显然有些慌张,但他沉了沉气,歪着脑袋假装想了想,说,咦,怪了怪了,我明明是二十三号来的,怎么车票会是二十九号,谁跟我搞的鬼?

阿兵忍不住说,二十九号就是案发后的第二天,你这是凌晨五点的票,时间刚好连接上。

许忠好像听不懂,说,时间?什么时间连接上?

阿兵说,你头天晚上在小藤村犯了案,连夜潜逃,刚好到县城火车站买了这张票逃走。

许忠看到阿兵一边说话一边拿出了手铐,顿时吓尿了,扑通一声就朝他们跪下了,说,我坦白,我坦白——

许忠坦白了,从头说起,一开始他是怎么被骗入赌场,然后怎么越陷越深,怎么欠下了一屁股的赌债,怎么借了高利贷还赌债,怎么还上了再赌,又欠了更多,最后也知道自己不可能翻转了,就起了逃走的念头。只是他不知道像他这样的人,早都被赌场的黑势力控制住了,不光人被控制住,连念头也早已被看穿,根本无法逃脱,唯一的办法就是继续赌,继续借——

阿兵打断他说,喂,你不要避重就轻,不要转移我们的注意力,我们要破的是命案,我们要追抓的是杀人犯,不是你的烂赌账。

许忠不服,说,怎么是烂赌账,赌账搞得不好,一样会出人命的。

阿兵气得想上前给他一头皮,张强挡住阿兵说,我们耐心点,听他继续说,看他能说出什么来。

许忠就继续说,后来他们看我越欠越多,也知道我还不了了,他们还对我的全面情况作出调查了解,知道从我身上榨不出油水来了,就开始打别的主意,要我把家里的宅基地抵给他们,我寻思,宅基地可不行,那是我祖宗留下来的,我不能做败家子——

阿兵失声笑了起来,不能做败家子,你欠下这么多赌债,你这烂

31

人,还不算是败家子?

许忠说,你别打乱我的思路,你让我继续说,我知道我不能直接拒绝他们,这些人心狠手辣,直接拒绝说不定我的小命就没了,我假意和他们周旋,我说,我家的宅基地,不是我一个人说了算,我还有一个哥哥一个弟弟,我们得三个人商量。他们相信了我,让我第二天去找哥哥弟弟商量,我赶紧答应,拔腿想走,我真是很傻很天真,他们哪可能再让我离开,当天晚上就把我看住了,第二天要陪着我一起去找哥哥弟弟。

我心想完了,就算我走投无路真要卖宅基地,可我哥我弟怎么可能同意,就算拿我的命威胁他们,他们肯定说,这条烂命,你们拿去好了。

是的,你们一定猜到了,这个时候开始,我就动歪脑筋了,我先是假装睡觉,等看我的那个人也昏昏欲睡的时候,我从背后袭击了他,把他打晕了,我就逃走了,逃到县城火车站,买了二十三号的票——

可你是二十九号的票——

看到阿兵又要打断他,许忠赶紧摆手说,你别打断我了,我马上就结束了,我已经说到最后了,你们说得没错,我是潜逃了,但不是杀人,是欠债逃跑,我打晕了那个看我的人,他没有死,我看得很清楚,我还摸了他的脉搏,跳得可带劲呢,又快又有力道,我怀疑他是假装晕过去,可能他是有良心的人,故意让我逃跑的,反正总之,他只是暂时晕过去——结果,没想到你们警察也会为他们服务,你们竟然帮着他们来追杀我,我逃得这么远也逃不过你们——

许忠哭了起来。

阿兵听到最后,直挠脑袋,说,咦,这是什么事,我怎么好像碰到过这件事情,要不,我是在哪里听到过,难道当事人就是你?

许忠连连点头,没错,就是我,就是我!

一直沉住气的张强终于忍不住了,上前踹了许忠一脚,骂道,狗日的许忠,你他妈的玩我们——

许忠指天画地说,天地良心,我可不敢,借我十个胆子,我也不敢,虽然强子你和我是老乡,可你是疾恶如仇的,我是知道的,你不会包庇我的,我真不敢玩弄你。

张强说,呸,你刚刚说的这些内容,明明是我们刑警队去年破的一个案子,连细节都一模一样,你竟然揽到自己头上,你想干吗,你是想转移目标,你是想把水搅浑吧。

阿兵说,哦,我想起来了,我进单位后,这个案子是作为典型案例拿来给我们新人上课的,难怪我说怎么这么熟呢——那个案子的最后,赌棍逃跑到广东,被黑社会追杀,死了。

张强冷笑道,是呀,老许,如果你硬说你是那赌债案的当事人,那你,死了?我们现在是在和死人说话?

轮到许忠挠头了,他想了又想,说,这我也想不通了,难道我死了还会活在人世间,还能和你们说话,如果真是这样,死也没那么可怕了。

张强说,老许,别胡扯了,你知道我们不是来破已经破了的赌债案的,我现在只问你,你说自己二十三号离开,怎么车票会是二十九号？

许忠嘴上支支吾吾，眼神躲躲闪闪，就是不解释。

阿兵还对赌债案心有疑惑，他对张强说，但是奇怪呀，我们破的案子，他怎么会知道得这么清楚，正如你说的，连细节也一模一样？

张强说，难道媒体作过详细的报道？可我们明明没有公开这个案子呀——老许，你是从哪里得知赌债案的？

许忠哭丧着脸说，你非要问我从哪里得知，你们警察就是这样不讲理的，这本来就是我自己的事情，我还需要从别的地方得知吗？

张强给队里发了一个信，让他们把那个案件的当事人的照片发过来，很快接收到以后，张强把手机举到许忠面前，说，你睁大眼睛看看，这个人是你吗？

许忠愣了愣，还嘴硬，说，不管怎么说，反正就是这样的。

张强说，这个人名叫黄一海，是你吗？你叫黄一海？

许忠又愣了愣，还是说，反正是我，你说我叫黄一海，我就叫黄一海，反正就是我的遭遇，就是我的亲身的遭遇，要不然，我怎么会记得这么清楚？

确实如此呀，他的态度、口吻，都是十二分的诚恳，一点也不像在捉弄警察；他的叙事过程，又是十二分的顺当，不是自己亲身经历，能说得这么溜吗？他把一个与他自己完全无关的案件倒背如流，这算什么呢？连阿兵都被他打动了，阿兵说，神经病啊，把别人的事情扯到自己身上，这是一种新型的精神病吗？

许忠实在扯得太远了，似乎连张强也无法把他拉回来，张强渐渐失去耐心了,直接挑明了问,娟子你认得吧?

许忠说,娟子怎么会不认得,老李家的女儿罢,嘿嘿,强子,你小子别假正经,你喜欢娟子,你以为别人不知道,可其实人人都知道——

张强强压住内心的悲痛,咬着牙说,娟子死了,被人杀死了,你不知道?这几天家里没有人传信息给你?

许忠一听娟子死了,顿时吓得面如土色,立刻给自己喊起冤来,不是我,不是我,强子你不能冤枉好人啊!

张强说,你算是好人吗?

许忠说,我不算是好人,但是我没有杀娟子,别说娟子,什么人我也不会杀的,强子你知道,我向来胆小,连杀只鸡我都不敢,怎么敢杀人啊?

张强和阿兵,虽然不如金队那么有经验,但也已练就了火眼金睛,心里早已经下了结论,许忠不是杀害娟子的杀手,可是问题又来了,和毛吉子一样,怎么排除他的作案嫌疑,或者,反过来说,怎么才能找到许忠的不在场证明。

居然有一张二十九号的车票。

张强再次把注意力放在车票上,放在时间上。他欲擒故纵地对许忠说,你说你是二十三号坐车来的,那你把二十三号的车票找出来给我看看。

许忠没再耍滑头,真的到包里去翻找,结果真给他找出一张票来,怎么同一个人会有两张车票,难道许忠二十三号出来了,然后又回去,杀害了娟子,二十九号再上车?正当张强和阿兵感觉疑惑的时候,张强眼睛扫到这张车票上,一眼看到,车票上的人名,并不是许忠,而是杨小萍。

许忠也看到了那张车票上的名字,他嘿嘿一笑,说,实名制好,实名制太好了,实名制还我清白了。

张强大声问道,杨小萍是谁,人呢?

许忠还没来得及回答,从小屋的里边,走出一个女人来,低垂着脑袋,低声说,我是杨小萍。

许忠说,我还没坦白,你急着出来干什么?

杨小萍说,谁让你胡扯八扯,人家都要怀疑你是杀人犯了,我还能躲在里边不出来?

真相终于大白了。许忠又从包里翻出第三张车票,那张票是二十三号的,实名许忠。只是许忠犯了个错误,第一次没有把它翻出来。

许忠和邻村的有夫之妇杨小萍搞了个婚外恋,两人相约一起离开家乡,他们二十三号到了县城,本来想当天就溜的,但是没有坐票了,要在火车上站一二十个小时,杨小萍表示吃不消,最后买到了六天以后,也就是二十九号的两张坐票。

许忠心思缜密,作了周到的考虑,以作防范,先买了一张二十三号的站票,虽然觉得这钱花得有点冤,但是万一被戳穿,也好以二十三号车票抵赖一下。

等车的那几天,他们就同居在县城一个小旅馆。

许忠拿出了旅馆的住宿发票。

这个信息传回去,同事到旅馆进行了核实,旅馆的监控也录下了他们的行踪。可怜见的,这六天时间,他们都没敢随便出门,饿了,都是杨小萍装扮一番后出来买吃的。

杨小萍一直低垂着脑袋,不敢看张强和阿兵,嘴里却一直嘀嘀咕咕埋怨许忠,都怪你,你要是细心一点,把二十三号车票找出来给他们看了,他们就走了,也不会把我扯出来了。

许忠说,你放心,他们是破命案的,对我们这种烂事,他们才没心思管,他们也不会多嘴的,多了嘴,只会给他们自己添麻烦,对吧,强子?

杨小萍却不依不饶了,顶真说,你真是太烂了,你居然说你是个死人,你是想吓唬我吗?

许忠说,死人是他们说的,又不是我说的——他说着说着,自己也觉得奇怪了,又犹豫着自言自语,难道、难道真是一种新型的精神病,我怎么会觉得那个欠了赌债逃走的人就是我呢?

杨小萍说,你还嫌事情不够多、不够丑,你还要多事,不是你的事情你还拼命往自己身上揽,你还干什么?

许忠看起来懵懵懂懂,想了又想,说,不是我的事情,为什么我会觉得是我的事情——

杨小萍"呸"了他一声,说,让你平时少看那些乱七八糟的新闻,你非看,你看得连自己是谁都不知道了——杨小萍怒气冲冲,停顿了一下,又说,我要回去了,我不跟着你了。

许忠说,为什么,我们吃了这么多苦头,走了这么远的路,还担惊受怕了,还忍饥挨饿了,不就是因为想两个人在一起吗?

杨小萍冷笑说,我想在一起的人,不是你,是许忠,你硬说你是赌徒,你还说你叫黄一海,你还说你已经死了,我看到你都害怕,我都不知道你是谁——

在他们的争吵拉扯中,张强的脑袋一阵剧痛,他扶着自己的头,赶紧走了出去。

阿兵跟在旁边追问,走啦,我们就这么走啦?

张强气得说,不走你还想干啥,给一对狗男女调解矛盾?

从许忠那儿回来,小藤村的线索就彻底地断了。

刑警队继续把范围扩大到和娟子有关系的人群:除小藤村以外,最大的一个群体就是娟子县中的同学老师。

可是还没有等刑警队有所动作,就有人来投案自首了。

来人是娟子的高中同班同学,名叫林显。

林显一进来,就主动交代,说了三个"是":我是 A 型血,我是娟子的男朋友,我是嫌疑人。

林显来的时候,张强在外面办事,他接到阿兵的电话,说有人来自首了,并且说了林显的三个"是"。

张强一听林显是娟子的男友时,心里"咯噔"了一下,瞬时紧缩了,同时又感觉一股热流涌了上来。

他以最快的速度赶了回来,直接加入了审问。

你说你是娟子的男朋友,你凭什么这么说?

林显说,我们是公开的,同学都知道,老师也知道——

为什么我不知道?

张强的问题实在有点超出常识,超出常规,金队、阿兵他们都有点为他担心,不过林显却没有什么感觉,他正常地回答说,因为你不是我们的同学,也不是我们的老师。

张强被噎住了。

其实林显这话并不是戗他的,所以林显相对平静地继续着自己的交代,我喜欢娟子,娟子也喜欢我,我们是真心相爱的,我一直对考古学有兴趣,本来娟子不喜欢考古学,因为受我的影响,她也渐渐地喜欢上了这门学问和这个专业,我们曾经相约,如果高考分数达得到,我们一起填报考古专业——

可能对于金队和阿兵来说,这像是林显兴口胡编的,但是张强心里明白,林显说的是真话。

难怪那一阵,娟子死活要报考考古专业,原来原因就在这里。

也就是说,他们确实是一对恋人。

为什么我不知道?

张强心里隐隐地疼痛,娟子有恋爱对象,却没有告诉他。从小到大,娟子对于张强,无话不说,无事不谈,但是这一次,她没有说,是怕他难过,还是……?

接下来林显的交代更是十分的顺理成章:

因为自己爱娟子,又爱考古,两边都不想放弃,而一开始娟子答

39

应他一起填报考古专业,让他大喜过望,不料最后娟子变卦了,林显十分不甘心,他软硬兼施地想让娟子回心转意,因为情绪激烈,他甚至做出了比较出格的动作,遭到娟子的反对和抵抗。

两人的关系迅速降温,六月二十八日,回县中填报志愿那天,娟子没有和他说话,连正眼也没有看他一眼。

难道两个人之间持续了近两年的感情就这么完蛋了?林显无法接受。后来他尾随娟子,想再做一次努力。发现还有刘英同行,没敢当着刘英的面出现,悄悄地跟在两人身后,等到娟子和刘英在县城西头分手,一个上盘山公路,一个翻山而去,他就追上了娟子,陪着娟子一路同行,一路劝说,不知不觉就快到小藤村了,娟子说,你回去吧,我到家了。林显仍然在纠缠娟子,想让她改填志愿,娟子说,林显,你别再烦我了,我不想学考古,我哥说了,考古不是我这样的人学的。

林显立刻激动起来,说,又是你哥,又是你哥,什么时候,你把你哥从你我之间踢开,我们的事情就好办多了。

娟子说,那不可能,我哥是永远的我哥,踢开你,也不可能踢开我哥。

林显更加不能接受,说,你还说你不爱你哥,如果不是爱,你会如此离不开他?

娟子说,有些感情,你根本不懂。

林显说,是我不懂,还是你假装,你明明心里有人,还和我谈恋爱,你欺骗我,你玩弄我!

娟子不想再和他啰嗦了,转身离去,眼看着娟子的背影,林显知道,她这一走,就再也不会转身回来了,林显一着急,上前去抓住娟子,娟子甩开他的手说,林显,你抓不住我的。

林显说到这儿,情绪有些失常,停了下来,林显的话像千百只苍蝇在张强脑袋里乱舞蹈,嗡嗡作响,张强晕晕乎乎,他又进入了那个案发的场景,他看到林显和娟子拉拉扯扯,他还看到,旁边黑暗中有一个人,在看着他们,他看不见他的脸,也看不见他的身形,但是他知道这个人存在。就在旁边,一直都在。

金队说,然后,你就动手了?

林显点了点头,又摇了摇头,没有马上动手,我先是拉住她不让她走,后来,后来才动手的。

那是什么时间,你记得吗?

记得,日子记得很清楚,六月二十八日,我们返校填报志愿,具体时间,我们下午从学校出来,娟子翻山回村,快到小藤村的那个山坡,大约是晚上六点半多一点,我们拉扯了好一阵,出事的时间,可能七点多了。

六月二十八日,到今天,过了好些天了,你为什么案发时不投案,要等这么多天才来?

林显显得有些犹豫,好像吃不太准,他犹豫着说,其实这些天,听说娟子出事后,我一直在想这件事情,是不是真的,我想去现场还原经过,但又不敢去,我只能在家里反复思考,虽然当时的情形像画面一样,一直在我的眼前,十分清晰,但我仍然不敢肯定,不敢确定,不敢相信自己会干出这种事。最后,也就是昨天,我在网上读到一部网络小说,我惊呆了,同时也清醒了,已经有人把我的故事写成小说了,这是刚刚更新的一部小说,简直太惊奇了,连细节都没有一点误差,一定是我身边的人,一定是知道这件事情的人,我的同学,我的老师,我的熟人,反正,是他帮我回忆起来了——

真是匪夷所思。

这个小说的名字叫《杀死你最心爱的人》。

题记有两句话:杀死她,她就永远属于你了。

杀死她,别人就永远得不到她。

金队立刻让人查核,网上确实有这部小说,但是作者和林显和娟子完全无关,远在天边,而且小说一年前就开始在网上连载,三个月前小说就结尾了。

林显坚持认为小说是根据他和娟子的真实故事创作出来的,林显说,是它启发了我,让我一下子看清楚了自己的内心,一下子就确定了。所以,我来了。虽然来晚了,但是我毕竟是来了,恭喜你们,你们破案了。

林显整个的叙述并没有什么大的漏洞,但是大家其实都很清楚,林显不是凶手,因为在最关键的部分中,他露馅了。

你是怎么杀死娟子的?

我用山上的硬土疙瘩砸了她的后脑勺,她就倒下了,我当时很意外,我真没想到,一个人的生命是这么的脆弱,这么一下子,她就倒下了。

不难解释林显的自首行为,他沉浸在虚幻和现实之间,不能分清,不能自拔,他的现实,来自于娟子被杀这一事实,而他的虚幻,则来自于那个网络小说。

至于作案时间的排除,也十分顺利,六月二十八日晚上,林显的母亲发现林显从学校填报志愿回家后,一直闷闷不乐,就把他带到图书馆的退休老馆长家里,那位老馆长,是林显的考古学启蒙老师,那天晚上,老师和林显在书房里一直聊到很晚,林显的母亲则一直在客厅和老馆长的夫人说话。

他们都是林显不在场的证人。

林显被母亲带去看心理医生了,案子就停顿在这里了。

张强的脑袋又迷糊了,创伤的后遗症一直反反复复,他又产生幻觉了,始终在场的那个人,一直都在那里,他努力地睁着眼睛,想看清楚那个人,始终在场的那个人,那个他永远也看不到,却又永远摆脱不了的那个人。

命案的线索再一次断了的时候,忽然从拘留所传来了振奋人心的消息,前些天抓到的人贩子季八子,在关押中主动招供了杀害娟子的罪行。

季八子的供述是这样的:

六月二十八日傍晚,他的三个同伙在公路上截到一个女学生,当时约定在县城以西的山区九溪口接头,并且已经通知买家在那里见面交货收钱。就在三个同伴绑着刘英前往九溪口的时候,季八子通知了买家后,也立刻赶往那里。

为了节省时间,并且不被注意,季八子没有开车,而是选择了翻山过去,就这样,他和娟子走上了同一条路。

他在临近村子附近山坳,看到了前面的娟子,季八子顿时喜出望外,今天运气太好了,很可能一下子就能得手两个女学生。

季八子没有料到,娟子很不好对付,她先是高声喊叫,接着又踢又挠,把季八子的脸都抓花了,季八子想拿下她,还真不太容易,纠缠了很长时间,眼看着可能要误了九溪口那边的接头,季八子甚至都想撤了,他对娟子说,算了算了,我赶时间,不搞你了,你走吧。

哪里想到脾气十分暴烈倔强的娟子,不仅不赶紧逃跑,竟然揪住季八子不放,掏出手机就要报警。

季八子是人贩子,他不想杀人的,可是只要娟子手机一拨通,他就彻底完蛋。季八子情急之下,双手向娟子的脖子掐过去——

时间是对的,作案手法也是对的,季八子到现场指认了地点,也是对的,还有季八子脸上的抓痕,季八子对娟子的描述,季八子的血型,等等,几乎所有的一切,都指证了季八子的犯罪事实,当然最关键是季八子的口供,和这一切,都是对得上的。

几乎就是铁板上钉钉了。

张强可以松一口气了,那个始终存在却又始终看不见的人,现在已经现形了,就在他的眼前,他看得清清楚楚,他应该可以彻底摆脱了。

可是,在张强的感觉中,那个人仍然在那里,他看不见他的脸,看不见他的身形,但他知道,他还在,一直在。

张强心底有一个声音告诉他，凶手不是季八子。

金队他们已经在作结案准备了，可是张强却依然魂不守舍，依然感觉真凶在盯着他，死死地盯着他。

但是他已经山穷水尽，刑警队所有的同事，也不再支持他，人证物证，没有一件对他的感觉是有利有用的。

但是，张强就是张强，没有路他也必须要开辟出一条路来，他再一次找到法医，请他确认李娟的死因。

法医说，鉴定报告都写明了，你也看了几十遍了吧，有问题吗？

张强固执地说，有没有别的可能了，哪怕一丝一毫，哪怕是你的怀疑——

法医奇怪地说，张强，这是你说的话吗？你一个负责命案的刑警，怎么成了法盲，鉴定怎么能靠怀疑，这都是有科学依据的，你又不是不知道。

张强说，孙老师，就算我私人求你，你能不能在李娟的死因上，再做一次鉴定？

法医说，张强，明明季八子已经供述，和侦查的结果也完全对上了——

张强脱口而出，不对，我看到有一个人，不是季八子，他一直在现场，一直在旁边看着——

法医吓了一跳，什么？张强，你说什么？你看见现场有个人？你在现场吗？你开什么玩笑，那时候你在哪里，你昏迷不醒躺在医院的床上呢。

张强也清醒过来,被自己的说法吓了一跳,说,这只是我的直觉,我的直觉,季八子不是凶手。

法医犹豫了一会,慢慢地说,直觉,好吧,你相信直觉,我也不好反对你,你一定要问直接的死因,那就是窒息死亡——

张强性急地打断说,窒息而亡,有没有可能绳勒窒息?

法医想了一会,犹豫着说,绳勒?尸检都看不到的绳印?什么样的细绳,会如此之细,又如此坚韧——

张强激动地脱口而出,有,有,是细藤!

法医不是本地人,没有听说过小藤村的细藤,他完全不能接受张强的观点,反驳说,细藤?你是说藤条编织的那种细藤?不可能,不可能那么细那么韧——

张强掏出一直揣在口袋里的细藤,给法医看。

法医果然十分震惊,但他不是震惊细藤的细和坚韧,他震惊的是,张强怎么会有这样的一根细藤。

这是哪里来的?

是张强在案发现场捡来的。

可是案发地在张强昏迷的那三天里,刑警队早已经搜得底朝天,除了泥土,现场不可能留下任何实物。

现在张强有些迷惑,觉得有些不真切,这根细藤,真是他捡来的吗?

无论死因是手掐窒息还是绳勒窒息,至少,案件中是有一根细藤存在的。

所以，张强有了重审季八子的理由。

刑警队上上下下，都对张强的行为感觉不解，但是他们理解和最后容忍了张强的任性。

用金队的话说，审吧审吧，看季八子能不能重新编出个故事来。

谁能料到，金队居然一语成谶，重审季八子的时候，故事真的发生了一百八十度的大转弯，季八子的口供的内容虽然和第一次完全一样，但是在关键的地方，却出现了翻转，季八子在供述中提到的地点，在县城以东的小岗村附近的山坳，而小藤村，在县城以西。

根据季八子第二次的供述，刑警队查到县城以东岗子村的山道上，这里确实发生过一次袭击案，一个女孩子走夜路的时候，被人掐着脖子欲实施强奸，但是女孩被掐昏迷了，强奸犯以为杀了人，吓得逃跑了。女孩并没死，醒来后自己跑回家，家里人怕丢脸，没报警，瞒了所有的人。

结果在拐卖人口的季八子那里，又破了一桩强奸未遂案。

季八子第一次的口供和第二次的口供，除了一南一北，一生一死，其他过程甚至细节都十分相似，难怪连季八子这样的惯犯，都搞串了，他一定是以为自己把那个女孩掐死了。

他完全混淆了一东一西两个地理位置。

季八子的强奸未遂案被最后确认的这一天，是娟子被害整整四十天。

娟子的死，仍然是个谜。

案子再一次搁浅。

娟子的遗体存放已经超过一个月了,根据规定,只要法医鉴定报告最后确定,遗体就可以交给家属,让死者入土为安了。

而警队这边,如果再没有进展,案子很可能就会成为陈案搁置。因为刑侦人员完全没有了方向,没有线索,没有任何可以向前迈出哪怕一小步的可能性。

娟子就这样没有了,无论是身为警察,还是娟子"哥",张强无论如何都无法接受这个事实。

张强仍然坚持怀疑法医鉴定的娟子的死因,那根细藤成了他心中解不开的结,撤不掉的疑,也成了他的想法不断涌出的源头。

张强的行为,让法医也受到了牵连,为了让张强的固执的想法有个了结,也为了使自己免受质疑,法医求助了省厅技侦处,请他们协助再次进行死亡原因的鉴定。

就在这一天,刘英出现在刑警队,她告诉张强,她已经提前被高校录取了,就是张强曾经就读的那所警官学院。

可是张强根本没有听到刘英在说什么,一时间他甚至已经忘记了刘英是谁,面对刘英温情的目光,张强完全没有感觉,他是麻木的。

刘英说,四年,四年以后,我也会来的,和你一起。

张强好像完全听不懂她在说什么。

张强的同事告诉刘英,张强因为脑部受伤,加上娟子的案子一直未破,身心疲惫都到了极致。

刘英两眼含泪,说,我提供一个线索,不知道有没有用。

麻木的没有感觉的张强突然间蹦了起来,线索,什么线索,线索在哪里？

刘英说，娟子在校时，每天都记日记，如果能看看她的日记本，也许里边会有什么信息。

张强他们立刻带上刘英一起重新翻寻娟子的遗物，根据刘英的回忆，娟子的大部分东西都在这里了，但是独独找不到日记本。

刘英明天一早就要出发，开始人生的新的征程，可是她放心不下自己的救命恩人，这个张强，和当初从天而降舍命救她的那个张强，似乎已经完全不是同一个人了。

我再提供一个情况，刘英说，你看看有没有帮助，娟子有个"哥"，不是她的亲哥，是她同村的一个人，我没有见过，但是娟子很喜欢这个"哥"，一直挂在嘴上的——

张强叹息了一声说，她的哥，就是我，我们从小就亲如兄妹。

刘英"呀"了一声，原来你就是娟子的"哥"——

张强十分敏感，赶紧追问，是"哥"怎么啦？

刘英停下了，犹豫了好一会，才说，我，对不起，我前几天还怀疑过她的"哥"呢。

张强猛地一震、一刺，过了好一会，他才问出来，刘英，你为什么怀疑她"哥"？你凭什么怀疑她"哥"？

刘英说，娟子从前，老是把哥挂在嘴上，后来她和林显好了，她再提到"哥"的时候，口气就不大一样了。

怎么不一样？

就是那种，有点为难，有点拘谨，甚至有点担心的感觉。

所以,你就觉得是她"哥"干的?

刘英十分窘迫十分内疚,喃喃地说,我也是因为着急,才胡乱瞎想的,那时候我不知道她"哥"就是你,如果我知道你就是娟子的"哥",我就不会那样想了。

张强脱口而出,只要案子一天不破,任何人都可能是嫌疑人,包括我。

刘英惊愕地看着张强,他是她的救命恩人,是她的英雄,因为张强,她改了志愿,因为张强,她早已经想好,四年以后,她会回来,甚至,往后,再往后,她都已经想过了。

可是张强说,任何人,包括我。

张强的脑海里,再次出现了案发现场始终在旁边的那个人。

一道闪光照亮了昏暗的现场,那个人的脸应该被照亮了,张强应该能够看见他的脸了。但是张强却不敢去看他的脸,他只觉得自己的心,被击中了,那是最致命的一击。

六月二十八日,傍晚,张强从家里出来,骑车回县城,然后在盘山公路上碰到人贩子和刘英,这中间的时间,是不连贯的,有一个时间的空段,至少有半小时到三刻钟的空间,就是他完全丢失的那一段,父亲和刘英也无法帮他捡回来的那一段。

那一段时间,他到底在哪里,到底干了什么?

他必须找回那一段的记忆。

张强紧紧抓住刘英的手,问出了一连串的问题:

娟子有没有和你说过,她"哥"知不知道她和同学林显谈恋爱了?

娟子有没有对你说过,她"哥"对她和林显谈恋爱是什么态度?

娟子有没有和你谈过,她和她"哥"的感情是怎么样的?

你和娟子在县城分手时,娟子有没有提到她"哥"?

你和娟子在县城分手的时候,娟子有没有告诉你,她"哥"会在山路上接她?

……

刘英被张强的轰炸搞晕了,好半天才回过神来,一旦回过神来,她立刻大吃一惊,她惊恐地反问,你怎么这么问,你问这些问题,你这是在破案吗?你是在怀疑谁呢?

张强说,这些天来,我一直在想,我想不起丢失的那一段时间——我的时间链条是断的,从我家出来,到在盘山公路上看到你,那段时间,不需要走一个多小时,至少有大半个小时的时间里,我不知道自己在哪里。

刘英当然也无法知道,她只是看到她的救命恩人张强如同从天而降,骑着自行车飞扑过来。

张强说,这段丢失的时间,谁也说不出来,但我还是想问问你,当时,你看到我骑自行车过来,你还记得我那时候是什么样子?你能不能从中感觉到什么?

刘英哪里可能记得,当时她早已经吓得魂飞魄散,刘英说,我只看到一团黑影,哦不,是一道闪光飞了过来,像闪电侠——

闪电侠?张强的脑海里突然被一道闪电照亮了,终于将那个昏

暗的看不清的场景照亮了,他看到了那个没有面目的人:

六月二十八日傍晚,张强骑自行车回县城,一直担心娟子会不会翻山回家,实在放心不下,他将自行车停在山下,上了山坡,想试试能不能接到娟子,结果一进山,果然就遇到了娟子,张强向娟子表白了自己的心思,娟子拒绝了,娟子说,你是我哥,而不是爱人,张强上前拉住她,想说明白一点,可是娟子急于要回家,甩掉了张强的手,张强不甘心,紧紧抓住她不放,娟子拼命挣扎,乱踢乱叫,面目完全变了,完全不是张强心爱的那个娟子了,张强一气之下,失手了——

他从口袋里掏出那根细藤,递到刘英面前,娟子是被勒死的,而我身上,恰恰有一根细藤,你想想,一根细藤怎么会在我身上?

刘英带着哭声说,我只知道,小藤村这地方,遍地都是细藤,一根细藤说明不了什么,你这样是不负责任的,是不利于破案的,破不了案,你对不起娟子——

张强听到刘英说"对不起娟子",才渐渐地冷静了一点,他平息了一下情绪,对刘英说,好吧,你放心,我只是把自己的胡思乱想跟你说说,说过了,发泄了,也许就好了——

刘英担心地说,那,你还会那么想吗?

张强说,接下来的事情,我可能就是要证明自己是凶手——他见刘英又紧张起来,赶紧改口说,换个说法,接下来,我就是要证明我自己不是凶手——抓住真正的凶手!

送走刘英,张强回到住处,无意中把一直随身带着的包打开了,居然在里边发现了娟子的日记本。

有几页还折了角,张强先看了这几页的内容:

——"哥说他喜欢我,但不是哥喜欢妹妹的那种喜欢。可是我一直只是把哥当哥的,亲哥一样,我不会和哥谈恋爱,我已经和哥说开了,但是哥不相信,不听我的,哥很固执,他要我正视自己的感情,其实,我正是因为正视了自己的感情,才和哥说开的。

"我有男朋友了,是我的同学,名字暂时保密,嘻嘻,等高考录取通知书拿到,我们就打算公开了,哥,你永远是我哥,我永远爱你,但我不是你的恋人。"

——"哥,我终于想明白了,我终于知道自己的内心了,所以我不报考古专业了,哥,你也明白我的心思了吧?"

张强脑袋里一阵混乱,娟子的日记本怎么会在他这里,但是娟子日记本是破案的一个重要线索,他正要起身,阿兵进来了,张强注意到阿兵进门时看他的眼神,忍不住说,阿兵,你觉得、我,我怎么了?

阿兵支支吾吾,神色慌张,说,哦,哦,没什么,你可能晚上没睡好——

张强不会放过一丝一毫的怀疑,他的想象力像长了翅膀,飞翔起来,他追问阿兵,是不是我说梦话了?

阿兵不打自招地说,你别问我你说的什么梦话,是你自己做的梦,不是我做的梦。

阿兵不肯说,张强采取主动进攻的方式,说,我喊娟子了,是吧?

阿兵尴尬地说,嘿,梦话呀,张强你当什么真。

张强说,既然是梦话,不当真,你为什么不肯告诉我?不肯告诉

53

我,就说明我一定说了什么关键的话——

阿兵步步后退,说,我不是故意的——

张强霍地站了起来,身上带着一股杀气,说,果然就是这样!

阿兵莫名其妙地看着他,说,张强,你说什么,果然是什么样?

张强说,我不是故意的——这就是我在梦里说的,日有所思,夜有所梦——我现在全想起来了,那一段空白的时间,我现在知道里边是什么了,就是我在山道上对娟子下了手——

阿兵说,张强,你、你太荒唐了,我,我不跟你说了——阿兵心急慌忙地跑了出去。

不一会金队就来找张强了,金队一来就说,强子,队里给你放假,你休息两天,去看看医生吧?

张强"哈"了一声说,金队,你们都认为我疯了吧?

金队说,不是说你疯了,现在很多人都有这种情况,心理压力大——

张强说,金队,这不是心理压力的问题,我有证据——

金队脸色大变,证据?你有什么证据?

张强说,证明我可能是李娟案的嫌疑人——李娟的日记本在我手上,里边有关于我的内容,自从我知道娟子在学校谈了对象后,我就一直在纠缠她——

金队说,别说了别说了——李娟的日记本,怎么会在你手上?

张强说,其实你们都知道,你们心里都有数,我有一段时间是空白的,六月二十八日傍晚,我从家里出来,大约是六点左右,到我在盘山公路上碰到刘英,已经是七点半左右,这里边大约有三刻钟的时间丢失了。

金队说,强子,人命关天,这可不能瞎想瞎说!

张强说,但是没有人能够证明我那三刻钟在什么地方,我没有不在场证明——更重要的,我怎么会有娟子的日记本?

金队说,难道你认为在那个三刻钟里,你杀了娟子,拿了她的日记本?

张强说,现在的指向就是这样。

金队叹息了一声,说,张强,你昏头了,你忘记了一个根本的事实,嫌疑人是A型血,你是A型血吗?

张强的血型是B型。

张强立刻去重新做了检验,但是血型是改变不了的,是B型就是B型,永远是B型。

张强不甘心。

但他已经无路可走。

当天下午张强的父亲来了,金队他们不放心,特意请老人家来劝劝张强,父亲知道张强的不安,跟他说,强子,心里有什么,就说出来,别憋着。

张强拿出娟子的日记本,问父亲,知不知道这本子怎么会在他手里。

父亲说,咦,就是那天,娟子出事那天,你回家,李叔带来给你的,说是娟子让他交给你的,你就放在自己的包里带走了。

又说,你李叔还高兴地说,娟子终于想清楚了。

娟子看清楚了自己的内心。

张强却迷失在内心了。

就在他完全没有了方向的时候,收到了刘英发来的短信,刘英虽然刚刚入学,但是放心不下张强,她一直在努力回忆娟子的情况,方方面面的情况,然后写信告诉张强,提供给他参考。

刘英的信里仔细回忆了娟子的许多事情,其中有一个情况,引起了张强的注意,由于高考压力大,娟子一度内分泌失调,患了皮肤病,经常挠痒痒,有时候痒到入骨,她挠得身上横一条竖一条的印子。

根据刘英提供的这条线索,再次组织核查,最后竟然确认了,娟子指甲缝里的皮肤组织是娟子自己的。

这个案子实在太让人沮丧,越查,信息越多,越乱,但是有用的东西却越来越少,越查,离真相越远,最后竟然连唯一可靠的证据:嫌疑人的血型,都否定了,那就是说,警方根本就没有任何一点点的信息,完全无法为嫌疑人画像测写。

大家知道,这样的案子,基本上是要搁置了。

张强仍然坚持自己的想法,既然没有嫌疑人的血型,就不能排除我是嫌疑人的可能性。刑警队也已经没有其他招数了,按照张强的思路,大家反复讨论那个三刻钟左右的空白。

中途又返回去了——无人作证。

自行车坏了,停下来修车——无人作证。

路上碰到了别的什么需要帮助的事情——无人作证。

绕道到别的村子去干什么——无人作证。

张强又重走了一遍当天的路,绕道走进了沿途的每一个村子,查找自己的痕迹,但是没有人记得他曾经来过。

无人作证。

他还是空手而归。

讨论也是白讨论,重走也是白走,空白仍然是空白。

空白就是空白,它既不能证明张强是杀手,也不能证明张强不是杀手。

从省公安法医处也传过来了最后的结论:窒息死亡,是掐死的,没有任何绳勒的痕迹。

张强揣在口袋里的那根细藤,意味着什么呢?什么也没有,除了带有张强的体温,没有任何有用的信息。

那三刻钟的空白,也许永远都是空白了,也许永远都不可能知道里边填的是什么内容。

但是,这个空白在张强的心里,却又是堵得水泄不通,堵得他透不过气来,他只是看不见那里边到底是什么。

多年后,刘英已经是省公安厅技侦处的一名干警,她跟着老师运用物证数据管理法,每年对未破命案现场物证进行重新梳理检验,破了很多旧案。后来她向老师申请,回到家乡对多年前的李娟案重新取证,在李娟的衣物上提取到精准DNA。

DNA彻底还了张强自毁的清白。很快通过全网比对,抓住了真凶:一个当年来山区收购藤条的人,因一桩抢劫案正在服刑,看到刘英去监狱找他,他顿时明白命案告破了,只说了一句,你终于来了。

张强仍然在县公安局工作,只是不再当刑警,他现在负责管理局里的档案,若有空闲,他会把刘娟案的档案材料拿出来看一遍。刘娟案的材料,要比从前的许多案件的材料多得多,仅仅关于张强自己的一些情况,就整理了几十页纸。

张强注意到,从刘娟案往后,到后来,到现在,许多的案件,留下的材料比从前要多得多,而且,越来越多,前不久一桩普通的拦路抢劫案,竟然出现了二十多个嫌疑人。

刘英破案后回到县局,相逢的时候,张强说,刘英,还是你厉害。

刘英说,技术手段不一样了,再说了,当时的现场,没有痕迹,是个老手,全抹去了。

张强却摇了摇头,说,不是没有痕迹,是痕迹太多,遍地痕迹。

刘英点头赞同,说,是,遍地痕迹。

碎 片

包兰大学毕业后不愿意回老家,其实老家也没有什么不好,地方虽小,但毕竟有父母的呵护,也可以找一个相对体面的工作,可是包兰不愿意回去,回去多没面子。

其实她现在也没多少面子,住着合租的旧公寓房,每个月的收入刚够自己花,但是老家的人不知道呀,他们以为老包家的女儿出息了,在城里赚钱了。

包兰一年回去一趟,每次回家,都穿红戴绿。这倒不是包兰有心机,想在老家的亲朋好友面前撑个面子,本来穿衣打扮,就是包兰的日常生活习惯,是常态。

和很多女孩一样,包兰最大的喜好就是从网上买衣服,许多网店就是靠这些并不怎么有钱的女孩赚钱的,包兰认识一个女孩,一边自己开着网店卖衣服,一边又不停地从网上给自己买衣服,比起来,包兰还算正常呢。

买了新衣服,就得处理旧衣服,包兰的旧衣服太多啦,其实有的真算不上是旧衣服,有的衣服她只穿了一次,还有的衣服她只试穿过一次,对着镜子照照,觉得不喜欢,就扔到一边去了。

时间长了,被扔在一边的衣服越来越多,这些被扔开的衣服,她是绝不会再多看一眼的,她甚至都很讨厌它们,嫌它们碍事,她只会到网上去看新衣服,看中了就下单,动作非常快,而且,她的眼光是很奇特的,许多平淡无奇的衣服,在她的眼中都散发着奇光异彩,她无法抵御它们的引诱。

包兰处理她不要了的衣服也很干脆利索,她把小区门口收旧货的大婶喊上来,让她把那个脏兮兮的蛇皮袋张开来,她就朝着那个张开的口子,一件一件往里扔,扔一件,那大婶就"哎哟"一声,扔一件,大婶就"哎哟"一声,包兰就笑,和包兰同住的室友也一起笑。

有一件衣服包兰没有瞄准袋口,扔到地上了,大婶赶紧捡起来,把它展开来看,大婶一看,不再"哎哟"了,忍不住说,这也不要了?包兰连看都不看一眼,低着头继续抓拿旧衣服,嘴上说,扔掉的都不要了。

大婶小心地把这件衣服装进蛇皮袋,这是一件玫红底色的连衣裙,镶嵌着闪亮的彩色碎片,碎片虽然细碎,却有着一种大气的风度,裙子边缝里还开了两个插袋,但是开得天衣无缝,完全看不出来,大婶这一辈子都没有见过这么漂亮耀眼的衣服。

蛇皮袋很快就扔满了,大婶用秤钩钩住蛇皮袋,想使劲提起来,可是衣服太多,蛇皮袋太重,连靠体力劳动吃饭的大婶都提不起来。大婶说,称不起来了,分两次称吧。大婶打算从蛇皮袋中取出一部分衣服,可是包兰挥了挥手,说,算了算了,也不值几个钱,不称了,送给你了。

大婶感激地说,哎哟,美女,你又有钱又大方还善良,真是谢谢你啊。包兰说,不用客气的,我又不差卖旧货的这几个钱。她室友也说,月初了,她老妈的汇款马上就到了。大婶从包兰想到了自己的儿子,觉得有点对不住儿子。

大婶满载而归。

和往常一样,每天晚上,大婶会把收来的东西分类整理一下,以便到废品收购站去卖的时候,一目了然。

大婶翻看着蛇皮袋里包兰的那些衣服,她不断发出"喔哟哟,喔哟哟"的声音,但是这些声音完全是没有意义的。一开始的时候大婶也曾经想从这些衣服里挑出几件看起来完全是崭新的,留在家里,但是留在家里没有用,大婶没有女儿,她只有一个儿子,大婶也不知道儿子谈没谈对象,儿子大学毕业后,已经换了好几个工作,也换了好几个地方,从北到南,又从南到北,一直漂着,一直不能稳定下来,大婶心里蛮焦急,但是她也不忍心给儿子过多的压力,其实她多么希望儿子有一天对她说,妈,我有对象了。可是大婶一直也没有等来这句话,其他的话也几乎没有,儿子很少和母亲联系,即使母亲汇了钱给他,他也不会发个短信告诉母亲钱收到了。有时候大婶会觉得奇怪,儿子小时候话还是蛮多的,怎么越长大话越少了,有一次大婶忍不住问他,儿子却问她说,妈,你要听什么?

大婶竟回答不出来,她也确实不知道要跟儿子说些什么,她能想到的,无非就是注意身体啦,不要太辛苦啦,还有就是找对象的事啦,其他还能有什么呢?这些话,其实不说也罢。儿子也没有错。

大婶不能留下包兰的衣服,因为她的住处非常狭小,自己的生活用品都挤不下,不可能再让出位置给这些派不了用场的旧衣服了。

第二天大婶就会把这些衣服连同收来的其他的旧货,用黄鱼车拖到废品收购站,很快,包兰的衣服就和那些旧报纸、废硬纸板、破塑料用品一起,过了秤,三钱不值两钱地卖掉了。大婶蛇皮袋里的衣服,转移到废品老板的更大的袋子里去了。

只是今天的情况稍有些不同,收购旧废品的老板,看到大婶蛇皮袋里的衣服时,脸上露出一丝喜悦,他对大婶说,旧衣服的价格涨了,你今天这一袋,能比从前多卖不少呢。废品老板又说,你以后别收那些旧报纸什么了,不如专收旧衣服,你收了旧衣服,不给别人,就给我,我不会亏待你的。他又说,而且我知道,你的那个地盘上,住的是什么样的居民,什么样的居民,就会有什么样的旧衣服。

大婶虽然没有什么文化,但她也不傻,她也知道旧衣服除了当废品论斤两卖,也还可以有其他的办法,只是因为她刚刚踏入这一行不久,她还没有找到思路和财路。现在废品老板主动盯上了她。这人太有眼光了。

大婶出来的时候,经过废品站的院墙,大婶朝院里张望了一下,看到有一辆大卡车在里边,有人往卡车上搬货物,大婶知道从自己蛇皮袋里出来的旧衣服,也在那里边,它们要乘车到哪里去,大婶不知道,她也没想知道,就算知道了,她也没有能力去做别的什么事。

大婶在回来的路上,路过银行,把给儿子的钱汇走了,因为受了那个扔旧衣服的女孩的刺激,大婶给儿子多汇了一点钱。

走出银行,正是夕阳西下的时候,夕阳照在大婶的脸上,大婶心情特别好。

天色渐渐黑下来了,废品老板的卡车也装满了,老板马上就要随车出发了,出发前,他没有忘记打个电话给女儿,电话是通着的,可是女儿没有接电话,老板想,这是吃晚饭的时候了,女儿可能在外面和朋友一起吃晚饭,年轻人在一起,总是热热闹闹的,没有听见他的电话。

他的女儿在一家商贸公司工作,具体干什么他并不太清楚,但是商贸公司这四个字,就可以让他安心了。他上卡车之前,到街边的营业厅往女儿的手机里充了五百元话费。有一次他打女儿手机,手机停机了,他着急了,以为女儿出什么事了,多番周折才联系上女儿,女儿在电话那边笑道,老爸,我打你电话也说停机,我还以为你停机了,原来是我自己的电话欠费了,我自己都不知道,忙的呀。从此以后,隔三岔五,只要手头宽着,他就会往女儿的手机里充值,除此之外,他还能怎样呢?

老板这回出差,开车要一整夜才能到,那个地方比较偏僻,路也不熟,他特意在手机上安装了导航软件,这是一条新的财路,无论有多陌生,他都得去趟开来。

但是老板对这条路的艰险还是没有估计得充分,他出发前还调皮地将导航仪设置了几种方言的版本,东北的,河南的,广东的,打算一路欣赏,也不失为对付瞌睡的办法。

一开始是挺顺利,走高速,走省道,导航导得分毫不差,逗人的方言也增添了不少乐趣,可是等到车子进入他们要去的那个地区乡村公路网以后,情况就不对头了,方向就开始迷糊了,不断地听到导航仪说,重新开始规划路线,重新开始规划路线。等导航重新开始的时候,又说,前方三百米请掉头,开到三百米那儿一看,一条狭窄小路,两边是河塘,根本掉不了头,小心翼翼地退出来,导航又说,请直行五百米。可是前面就是水田,直行过去就陷泥里了。

恐怕农村的土路本来就上不了台盘,再加上乡下人因为各种原因擅自改道,这地方的路已经不成为路,最终把高智商的导航搞疯掉了。

村子就在眼前,可是车子绕来绕去就是进不去,几次都绕到同一个地方,司机拍着脑袋说,哎呀呀,这是鬼打墙了啦。

按里程算,他们在天亮的时候就应该到达目的地,可结果一直走到第二天下午天都快黑了,目的地还不知道在哪里呢,想找路人问问,可是路上连个人影子也没有。

卡车和司机都是他临时租来的,和司机说好使用一天一夜,租金也是按这个时间计算的,现在司机着急上火,说,不行了不行了,我和别人约好的今天晚上要用车的,你让我失约了,失约是要赔偿的,赔偿金应该由你支付。老板一脑门的火直往上蹿,可人家司机也没说错呀,老板只得先应了他,不料司机却又加码说,还要附带赔偿声誉损失费。

他气得跳下车去,司机在车上说,怎么,你要步行去吗?那我把货开回去了。他和司机吵了起来,就在他们吵吵声中,终于有个人过来了,废品老板赶紧问他,我们在这里绕了大半天了,这是鬼打墙吗?那人说,这就是鬼打墙么。本来废品老板是说气话的,哪知人家还真说鬼打墙,这可把他吓着了,四处张望说,这里又不是坟地,怎么会——那人说,不是坟地也鬼打墙,人家把大路都封掉了,把小路都挖成坑了,鬼不打墙还想怎样?

这才知道,要想进村,大卡车是进不去的,货都要倒腾到轻卡上才能进得了村,可这野外之地,哪里来的轻卡?回头一看那个人,正坦然笃定地打着手机呢,老板这才清醒过来。

果然,不多一会就从村里出来一辆蓝色的轻卡,老板埋怨他们事先不说清楚,害他遭遇了鬼打墙。给他指路的那人在背后说,怎么能告诉你很清楚,怎么知道你是谁。老板说,那你现在怎么又相信我了呢?那人说,我现在看清楚你是开着卡车带着货来了嘛。要是警察,或者是记者,怎么可能花这么大的血本呢,他们最多装扮成买家啥。

老板大卡车上的货,轻卡装了两趟,老板想跟着进村子结账,那人却说,不需要,在这里结了就行。按照原先谈定的价格,全额付完款,那人就上轻卡进村去了。

废品老板虽然收到了钱,可是心有不甘,他想悄悄跟进村去看看,可司机不想进村,他只得又加付了司机费用,司机才答应在村口等他。

他其实也没有进得了村,他绕了三次,还是绕到自己卡车停的这地方,最后一次绕过来的时候,卡车也不在了,司机等不及,把车开走了。

他步行了大半个晚上,才找到一个可住宿的地方,想看看有没有女儿的短信,却发现这个地方没有信号。

新一批衣服到达的时候,已经是夜里了,这个旧衣周转市场,是不分白天黑夜的,无论白天黑夜,他们的工作时间以货到为准,现在货来了,他们就开始工作了。

洗衣组的组长是个中年妇女,她负责挑选衣服,决定洗还是不洗,绝大部分的衣服是不洗的,只有少数脏得实在说不过去的,才会重洗。

她倒出一袋衣服,眼前一片花花绿绿,五彩缤纷,她早已经习惯和适应了这种现状,她在这里干了有一段时间了,每天都能看到许多八九成新的衣服被送到这里,胡乱堆在地上任人踩踏,甚至有好多还是世界名牌,时间长了,耳濡目染,她和其他的洗衣妇们,她们都有了一点名牌知识和意识了,她也可算是见多识广了。见多识广以后,她基本上就麻木了,基本上已经熟视无睹了。

但今天不知为什么,她的眼睛还是被触动了一下,这件玫红底色镶嵌着彩色碎片的几乎是全新的连衣裙实在太惹眼了,她识得出来,这衣服不是什么高档品牌,但是它的卖相实在太好了,有一瞬间,她非常想替她的女儿买下这件衣服,哪怕按照老板卖价的一倍,她都愿意。可惜的是,这里有规定,在这里做事的人,一律不允许参与旧衣服的买卖,只要犯一次,不仅当场开除,还要罚款,她们的身份证,都是被收缴了的,犯了错想跑是跑不掉的。

她叹息了一声,手却忍不住又摸了摸裙子,她摸到裙子的口袋里好像有什么东西,她掏出来看看,是两张电影票,当然是看过了的电影。不过她没有扔掉电影票,而是重新把它们放回了口袋,又叹了一口气,才把连衣裙归类到不需要清洗加工的一类,虽然明知那许多衣服都是胡乱堆放的,她却还是小心地把这件连衣裙叠了一下。

挑选好衣服后,她们开始清洗那些不得不洗的脏衣服。所谓的清洗,其实也就是用水龙头冲刷而已,堆成一座小山样的脏衣服,要是一件一件地洗,那要洗到猴年马月,那边等着衣服卖钱的人,等到黄花菜都凉了。

老话说,落水三分净,还真有道理,即便只用水龙头冲一下,再提起来,甩平了,晾到绳上,等晒干了,便焕然一新了。

看起来活很简单,只不过是冲水,甩衣,晾晒,但是如果每天都重复这样的动作,两个肩膀就走样了,像脱了臼似的不听使唤,腰也疼得不能入睡。不过洗衣妇们并没有多少抱怨,生活本来就是这样的,不听使唤也得使唤,不能入睡也得入睡。

她在小地方生活,虽然下了岗,但生活开销也低,日子也不是过不下去,只是为了支持在大城市生活的女儿,她要出来挣钱。看着许许多多的晾挂在绳上的衣服像旗帜一样在风中飘来飘去,她深深地吸了一口气,心里很舒坦,她似乎闻到女儿的气味了。

等到冲洗过的衣服晒干了，负责运货出去的卡车司机就行动起来了。他虽然不属于这个周转市场的人，但他经常来运货出去，跟这里的人都很熟了。按原定的计划，他应该已经出发了，因为废品老板这批货迟到了，他也耽搁了出发的时间，晚上走不了了，他得在这里睡一宿。临睡前，洗衣妇来找他，她知道明天早上他的车子要经过乡镇，就请他帮她去邮局汇款。

他经常帮她们做这些事情，他也曾经奇怪地问过她，你女儿大学毕业在城里有工作，怎么你还给她汇钱，应该她给你汇钱嘛。洗衣妇笑笑说，我女儿就喜欢买衣服，工资总是不够花，反正我要钱也没有用。

第二天司机如约去替洗衣妇汇款，写上洗衣妇女儿名字的时候，他恨不得改成自己儿子的名字，当然他不会这么做，但是他心里真是这么想的。

他的儿子是个果粉，前不久他听说苹果6快上市了，他就已经提前准备起来，积攒每一分钱。他才不会像洗衣妇那样没脑子，把辛苦挣来的钱零零星星都变成了那些不值一提的衣服，而这些衣服，说不定很快又回到了她的手里。苹果产品可不一样，那是世界顶尖的电子产品，儿子出门办事，拿着多体面，会受人尊重的。

司机开车出发前，给他的下家发了个短信，告诉他已经接了货，出发了，下晚的时候就能到达。

他的下家是一家商贸公司，商贸公司的经理接到司机的电话后，就知道什么时候可以通知他的下家来提货了。

不过在他的下家来提货之前,他这里还有一个重要环节,这批从数百里之外的旧服装集散地装来的衣服,是不能直接挂到服装店里去的。所以经理通知公司职员,准备晚上加班。

这一批货已经迟了,服装店的店主都在催促了,因为买家的求购欲望十分高涨,所以店家进新货的要求就十分高涨,谁家更新稍慢一点,就被淘汰。

这批迟到了十二个小时的货,必须加一个夜班,才能赶上正常的周转。

加班的内容并不复杂,旧衣服到集散地已经进行过一次处理,分类和清洗,那只能算是粗加工,他这里还有一道精加工,那是必不可少的。

到商贸公司来提货的服装店的老板,绝大部分都是实体服装店的,他们都是很挑剔的,不挑剔不行,因为货到了他们手里,就直接面对消费者了,皱了的要熨烫,掉线的要缝起来,丢了的纽扣最好补上,否则很可能因为一颗纽扣坏了一桩生意。所以经理的办公室简直是个纽扣王国,什么样的纽扣都有,当然,现在的衣服纽扣也是千奇百怪别出心裁,万一实在配不到,他们也有办法,干脆将纽扣全部换掉。

经理第一条短信是发给熨烫工的,那是因为她的工作的重要性,一件皱皱巴巴的、不起眼的,甚至扔在路上都没有人拣的旧衣服,经过熨烫这道工序,常常就变成了另一件衣服,可以以次充好,以旧冒新。

熨烫工收到经理的短信时,天刚刚亮,她刚要躺下睡觉,她以为经理要让她马上赶去上班,看了短信才知道,还好,是晚上加班,她可以抓紧时间睡一觉。她已经连续几个晚上没有睡觉,她在追看韩剧,她最近又迷上一位长腿欧巴,把他出演过的所有的影视剧一一追过来,一边看还一边在心里祈求欧巴快快拍戏,因为剩下的剧已经不多了,她最怕的就是空窗期,她以前也迷过其他欧巴,到空窗期的时候就像失恋一样。当然,以前迷过的欧巴和现在迷的这个欧巴相比,以前的真是黯然失色啦。

她又累又困,手机里已经有好几个未接来电,没有看的短信就更多了,她根本用不着担心手机费余额,不停地听到有铃声响,她自然知道手机还通着呢。她也自然知道,老爸会及时替她充值的。

她又累又困,但是情绪却很高涨,总是半睡半醒,迷迷糊糊的时候,也能看到欧巴,真是很幸福。只是到了晚上加班的时候,不兴奋了,瞌睡虫就来了。

熨烫衣服时可不能打瞌睡,那是很危险的,搞得不好,或者会烫伤自己,或者就是烫坏了衣服,但是瞌睡虫很顽固的,想什么办法也赶不走,她就那样脑袋一冲一冲双眼迷离地干活,眼看着事故就要来了,还是老天护佑,忽然就让她眼睛一瞪,顿时把瞌睡虫吓跑了。

她看到一堆衣服中有一件特别耀眼,提出来一看,果然漂亮,这是一件玫红底色镶嵌着闪亮的彩色碎片的连衣裙,她把连衣裙照在自己身上比画着,让她的同事看好看不好看,同事都说好看,她内行地说,不仅是好看,主要是气质,红色的衣服一般都体现不出气质,但这件红衣服,因为镶嵌了这些碎片,反而提升了它的气质,所以才觉得好看。大家觉得她说得有道理,点头称是,她高兴地说,怎么样,承认了吧,我的眼睛凶吧?你们还说欧巴不好看呢,好看不好看,要看气质,以后你们听我的没错。

从连衣裙联想到欧巴,她彻底清醒过来,精气神也回来了,加班的活干得倍儿棒。

天亮的时候,做精加工的职员完成任务,服装店的店主就要出发了,他们得赶早一点,商贸公司发货,去晚了,可挑选的就少了,甚至就没得挑了。

今天第一个出门的却不是实体店的店主,他开的是网店,其实现在开网店都不用店主亲自取货的,从出样,到下单,到出货,到投递,链条都已经非常成熟了,各干各的,各取所需。

但是他和别人不大一样,他开网店并不完全是为了做生意,所以并不像别的店家那样拼了命地挣钱,他是个资深的玩家,骨灰级,他觉得,比起游戏来,挣钱简直、简直是一件太没意思的事了。

他从小到大,学习成绩都是冒尖的,游戏当然更厉害。大学毕业后他找过很多工作,都干不长,但没有一次是雇主炒他,都是他主动提出辞职的,因为他干过的任何事情都无法让他做到游戏工作两不误。他曾经一个城市一个城市地走动,想实现两全其美的梦想,后来他终于知道那是不可能的,所以他走到这个地方,就成为他的最后一站,他不再走了。

他租房子,开个网店,却并不像其他网店店主那样经营,他从来不到服装企业或廉价的服装市场去批发货物,也不和他们建立连锁关系,他只在市内的一家专门营销旧衣店的商贸公司进一些货,回家给衣服拍些照片,挂到网页上,也就可以维持了。生意肯定不怎么样,但是好在经济上有母亲支持,生活还过得去,关键是能保证有时间游戏。

有一次他在一个废品收购站的门口经过,看到一个老妇人的背影,有点像他的母亲,不过他并没有追过去看看到底是不是。他不相信那么巧。以前他走过许多地方,并没有一一告诉母亲,现在他决定不走了,也没有告诉母亲,似乎没什么必要,总之母亲是知道他在城市里生活,至于这个城市和那个城市,反正也没有什么大的差别。何况都有手机,随时可以互通信息。从前母亲给他汇钱总是喜欢走邮局汇,后来他吩咐母亲打到他的银行卡上,更方便一点。三天前的下午,手机短信又来通知了,母亲汇钱了。

他不努力经营,生意自然冷落,一般的衣服得挂上一段时间才会有人问津,但这一次奇怪了,刚刚挂出来,就有人下单了,因为有些意外,他破例地朝它看了一眼,心里不得不承认,这件连衣裙真不错,那些碎片点缀得很有意义。但是他并没有去回想,在商贸公司的那许多旧衣服中,他是怎么挑上这件衣服的。

网购的人都是很性急的,等一两天对他们来说那真是受罪,他们都恨不得那东西直接就从电脑或手机里钻出来才爽呢。所以店主赶紧通知了快递公司,让他上门来取货送货了。

快递员正在去往苹果专卖店的路上。昨天晚上他老爸开卡车从外地运货回来,想到苹果店连夜排队买苹果6,他干脆不回家睡觉,先到自动取款机上取够了钱,就去排队了。其他排队的果粉都是有备而来的,带着小矮凳坐着排,他却只能站着,后来实在撑不住,就坐在地上打瞌睡,醒来的时候,发现自己是躺在地上的,还好,天气不算冷。

到了早晨,苹果店还没开门,他估计儿子起床了,给儿子发了个短信,让他过来一起挑选。

儿子兴奋地赶过来了,看到他父亲头发上全是露水,儿子说,老爸你卖肾了?他笑着说,你老爸只有两个肾,都像你这样,不够卖。

他们如愿以偿地买到了苹果6,但是儿子不够满意,因为他想要的那款6puls 64G还没到货,问什么时候能到,店家说,等吧。

老爸说,就先买这款吧,等6那个什么到了,再换吧。儿子说,我晓得。

拿到新手机的时候,他收到了公司的通知,要送货了。

他取了货,按照货单上的地址,给收件人包兰送快递去了。

包兰果然在家里等着呢,签收的时候,快递员有意捏着自己的新手机,在包兰面前显摆一下,可是包兰有眼无珠,她的注意力可不在手机上,她迫不及待地拆掉包装,惊呼起来,哇,帅呆了!

拿在包兰手里的连衣裙,比在网上看到的照片还要好得多,其实一般网购的衣服,拿到手总比网上看的要弱一些,因为网上的照片,可以通过光线、色彩,甚至是电脑修改,让衣服呈现奇光异彩。

但是这件连衣裙恰好相反,包兰欢喜地抚摸着那些碎片,她看衣服的眼光是很锐的,她十分自信十分内行地评判说,就是因为这些碎片镶嵌得好呀。

包兰当场就试穿了,一边照镜子,一边问室友怎么样,室友无不点赞。有一个室友说,奇怪,我怎么觉得这件衣服在哪里见过呢?包兰说,哎,这就对了,凡是好的东西,都养眼,你觉得养眼就会有一种熟悉的感觉嘛。

她还在东摸西拉地欣赏她的得意之作,她发现了裙子的口袋,口袋就在线缝中间,真是实用而又隐蔽,设计真的很精巧哎,包兰又赞叹了一回,她的手伸进口袋,触碰到口袋里有什么东西,她掏出来一看,是两张电影票,包兰奇怪地说,咦,怎么会有电影票?室友说,不要是网店老板暗恋你,送你的哦。包兰说,去,谁知道那是男是女,是人是狗呢。大家都笑,包兰又看了一下电影票,是两张过了期的票。

包兰也没多想,就将它们扔掉了。

包兰已经忘记了,这是她和她的男友一起去看的电影,只不过男友现在已经是前男友了。

今天你错过了什么

会议通知来了。

很简单,就是"叮咚"一声,一条微信而已。

无所谓,早已经习惯,甚至适应了。早就过了烦不胜烦的焦虑的阶段,进入无所谓的境界了。不就是开会嘛,开罢。

按照通知的时间地点,预订车票,联系接站专车,一切都是驾轻就熟,差不多闭着眼睛也能做到。

到了时间,先坐高铁,到站,预订的专车已经在出口处等候,接上头,上车,司机负责,问了一声,江滨大酒店?江曾水回答:是。

一路无话。

晚上了,大家都累。不说话也罢。

会议酒店离车站半小时车程,放在小城市,算是很远的了,放在大城市,又算是很近的了。

一切都是相对的。

到了酒店,专车就开走了,他只是向司机礼节性地挥了一下手,就把自己交给酒店了。

一切如常。

酒店大堂有一张报到的桌子,上面照例铺着紫红色的桌布,桌子旁边站着一块写着会议名称的水牌,经过一天的站立,已经累得斜背过去了,也没有人将它扶正了。因为有它无它,大家一样报到。

虽然是个较大型的会议,但是因为接待工作已近尾声,报到台那儿只留了一位工作人员,是个年轻的女生,肤白,直发,戴着眼镜,清秀。

江曾水看都不用看,就知道她的脸是熟的,好像哪里见过。

其实并不一定见过。只是因为一般做会务的女生,差不多都长这样,就有了一些熟悉感,甚至是亲切感。因为开会是江曾水生活和工作的一个重要的部分,所以和开会有关的人与事,自然会感觉熟悉亲切的。

江曾水走到桌前,朝她一笑,报了名字,江曾水。

那女生低头在报名册上找了一下,很快就找到了,她嘀咕说,在这儿,在这儿,江澄水。稍一停顿,她脸上似乎有些疑惑,说,咦,江,是江澄水?好像,是不是,今天下午你们公司有人来过电话,说你生病了,不参加会议了,你,你来了?你是带病来的吗?

江曾水笑说,看我像生病的样子吗?

那女生也笑了笑,说,哦,可能说的其他人,电话也不是我接的,下午是我同事值班,她也没有做记录,可能我搞错了,不好意思,不好意思。

她把报名手册和笔一起递过来,按惯例请他签到。

江曾水接过去看了一眼,刚要签名,忽然发现了问题,咦,他指了指那个名字说,写了个错别字。

他又把报名册推回去,那女生也看了一下,说,哦,这里写的是江澄水,你是什么?你刚才就说你是江澄水嘛。

江曾水说,我是曾,哦,我是江曾水,中间那个字错了,我是曾经的曾。他见女生有点蒙,又补充了一句,也就是曾经沧海难为水的意思。

那女生脸都红了,哎哟哎哟了两声,好像有点不知所措了。

江曾水笑道,你们负责造这个名册的人,是个南方人吧,ZCS 和 ZhChSh 不分,不知道翘舌音和平舌音的区别,呵呵。

那女生赶紧说,不好意思,不好意思,是我们疏忽了,会议手册上已经来不及改了,我赶紧通知会务,把明天会议的席卡重新做一下。

江曾水说,那倒无所谓,只是一会儿拿房间,我的身份证就不管用了。

女生说,没事没事,不用身份证,我们都统一替你们拿好房卡了。

江曾水朝总台那儿望了一眼,现在住宿,都是要用身份证刷脸的。当然也还有少数例外,沿袭着过去的老习惯,比如有些单位和酒店是长期协作,老交道了,所以先由会务把所有客人的房卡都拿到手,直接在报到的地方就交给房卡了,减少步骤,给与会者提供方便。

77

因为持身份证到总台刷脸,有时候也会出问题的,有一次一个客人刷脸怎么也刷不出来,不管会务上怎么跟酒店解释,这就是他本人,是出席会议的贵宾,顶真的酒店还真无法开绿灯。而这个人物偏偏是那次会议的重要人物,搞得很下不来台,说,啊,难道我整了容吗?气得拂袖而去,闹得很不愉快。

所以有些工作周到细致的会务,会吸取这样的教训,和酒店搞好关系,统一领取房卡,不用客人一一刷脸。但是这样的情况,以后肯定会越来越少。

以后,恐怕没有脸都行走不了江湖了。

现在,虽然离以后已经不远了,但多少还有一点点距离,所以还有点小空子可钻。

他在心里嘲笑了一下自己,什么叫有空子可钻。我又不是来钻空子的,我就是来开会的,我抱的哪门子侥幸心理嘛。

他这么想着,就看到女生眼睛看报名册,嘴上报出了"江澄水"的房间号码,然后在用皮筋捆着的一堆房卡中,寻找那个号码。

这时候,报到台边上又出现了两位与会者,一男一女。

标准的会议男女。男的一只双肩包,女的一只小手提包,一只小巧精致的拉杆箱,最适合开一两天会的那样标准大小,脸上是略带点询问,但又不怎么需要询问的自然状态,因为经常参加会议,对于会议的程序,已经熟门熟路,问不问都这样。

那个女生一边翻寻江曾水的房卡,一边招呼刚到的两位,那两位报了自己的名字,听起来,一个叫任游,一个叫蒋小艾。

女生熟练地朝报名册瞄了下,已经瞄到了,她微笑着念叨了一下他们的名字。

任游。

任游说,是。

蒋小艾。

蒋小艾也说,是。

女生干脆将三个人的房卡一起找了出来,一一交到他们手上。

然后再将搁在桌子底下台布遮着的会议材料袋取出来,交给他们,又指了指说,里边都有。

他们点头,心领神会。里边自然一应俱全。会议议程,宣传手册,会议场所,用餐指南,甚至连酒店提供哪样的服务都有,还有天气预报之类。

只有他们想不到的,没有会议考虑不周到的。

这就是日常的会议,因为已经开了一次又一次,开了一年又一年,大同小异,所以肯定都是驾轻就熟的。

现在他们有三个人了,他们三个人,分别拿了房卡,女生指了指大堂的某个方向,说,电梯在那边。

谢过女生,他们背着自己的简单的行装,一起朝电梯过去。

江曾水和他们走在一起,感觉对他们既熟悉又陌生,既然来到同一个会上,以前大约也是一起开过会的,他朝他们笑笑,他们也朝他笑笑。

他们一起进电梯,刷卡上楼,知道三个人在同一层。

然后他们三个,出了电梯,看一下手里的房卡,一个说,哦,我在那头,另一个也说,我也在那头,你呢?

江曾水看了一下房号,哦,我在这头。

还好,不在紧隔壁。

其实就算紧隔壁也无所谓。又不像从前那样,有个机会出差,还要鬼鬼祟祟忙里偷闲做点别的事情。现在的人,没那份情怀,也没那点力气,到房间,刷一会手机,玩一会游戏,睡觉,第二天,开完会,回家。

所以谁住谁的隔壁,真无关紧要。

他们分头往走道两边去,各自到自己房门口,用房卡开门,清脆的"嘀"一声,门打开了,里边亮灯了。

然后,他们站在门口,互相挥挥手。

明天见。

明天见。

门轻轻地关上。

其实明天也未必见。会议较大规模,进了会场,就像被扔进了沙漠,只要不是巧到坐在了一起,基本上就互不相干了。会议结束,自助餐,大餐厅,即便碰上,也未必认得出是昨天一起拿房卡的。

也无所谓。

认不认得,反正都是开会的人,开会的人与开会的人之间,都差不多,差得多的那些人,也在开会,但是一般不会走到同一个会场。

现在江曾水进房间了,房间一切如新又如旧。如新是指房间的档次不错,很规范很整洁,处处体会出温馨的新意。如旧呢,则是说,这样的房间,住得多了,就像是老相好,太熟悉了。

过道的灯是感应的,借着过道灯的亮光,先找卫生间的灯,有三个开关,然后到房间里,正面墙上就有开关,床头有开关,写字台那儿也有开关,现在的酒店,比过去人性化多了,灯也亮堂了,也多了,壁灯,顶灯,过道灯,吧台灯,阅读灯,灯带,夜灯,等等,于是开关也很多,哪个开关管哪个灯,刚进房间的人都不一定搞得清,要摸索几遍才能适应。

不过江曾水用不着去摸索去适应,他本来就很适应,一切如常。

随手将会议发的材料袋往墙角一扔,把灯啪啦啪啦——都开了,虽然有些浪费,但是亮堂堂的毕竟爽呀。房间的陈设,仍然照旧,大床,沙发,写字台,电视柜,吧台,行李架,一应俱全,规矩得不能再规矩。

在一列照旧的前提下,每个酒店还会点小创意,小清新,在小的细节上注意一下。比如今天入住的这个房间,在床头放了一张心形卡片,上面写着:祝您晚安。

江曾水随手把卡片拿来扔到床头柜上,又随手按了按枕头的柔软度,差不多。现在的酒店,一般都配两个枕头,一个是普通的枕头,还有一个是针对颈椎不适的客人的,或者是低矮一点,或者是稗草种子枕头,甚至还有药枕。

江曾水并不在意这些,特殊枕头,有或无,他都无所谓,他还没有到颈椎不适的年龄。

他到卫生间方便,卫生间的设施也大致如常,最大的也基本上是唯一的区别,就是根据酒店的档次和卫生间的大小,看里边是光有淋浴呢,还是浴缸加沐浴。

酒店Wi-Fi也都长进了,都不用手动连接,自动已经生成,江曾水玩了一会《炉石传说》,感觉时间不早,洗了澡,心里却还没有宁静下来,打算再简单刷一眼朋友圈就收工,可今晚的朋友圈,不知为何格外热闹,可看的东西好多,其中他看到一篇题为"我们的会议"的文章,列举了当今各种会议的奇葩现象,爆笑。

评论区更热闹得一塌糊涂,七嘴八舌,纷纷提供自己开会的经验和经历,有个人说,我开车去外地开会,导航把我导到乡下的鱼塘里去了。

又一个说,那天到了宾馆,时间有点晚,大堂的灯也暗了,总台值班的美女睡在吧台下面,听到我喊人,她从下面探出头来,天冷,她把羽绒服上的帽子解下来套在脸上,所以突然从底下伸出来的是一张黑色的无脸,哈哈哈哈。

再一个说,正和女友做事,有人拿着房卡开门进来,结果说是看错了房号,可是房号错了,房卡居然能打开门,难道这酒店发的是万能钥匙。

江曾水也发了几个哈哈,心里竟有点遗憾,想,我这三天两头的开会,都是无趣无聊,怎么就不能拿到一把能开别人房间的钥匙呢?

虽是意犹未尽,但是记得明天要早起开会,还是克制了欲罢不能的感觉,打算睡了,上了床,才想到还没有看一眼手册,未知会议几点开始。按惯例,都是九点,所以看不看也无所谓,但想了想还是看一眼吧,偶尔有些地方也会发神经,八点半甚至八点就开会,也有的地方过于宽松,九点半甚至十点都有。这么想着,朝桌上瞄了一眼,没有看到材料袋,从床上下来,走了两步,看到材料袋在进门过道的墙角。

从材料袋里取了会议手册,简单瞄了一眼,确定是九点,然后设手机闹钟,就上床安心睡啦。

一切正常得不能再正常。

开会就是这样嘛。开个会还能开出什么幺蛾子来?

他睡着了。

后来他走进了一个会场,起先没有在意,因为他进过的会场太多,不只是大同小异,简直是没有什么异的,但是这个会场有异,有怪异,首先奇怪的是,会场的灯很昏暗。

虽然日常的会议,这个会和那个会都是差不多的,但是有一个地方的会是不同的,那就是梦里。

江曾水走进会场,四外张望一下,心里竟然有点发慌,今天的会上不仅灯光昏暗,会场里竟然全是陌生面孔,他心里"咯噔"了一下,难道走错会场了?那怎么可能,他可是个会议老油子了,都说全程闭眼也能把会开了。

他定了定神,再细细地看着身边的人,越看越惊讶,甚至有点惊愕了,他们个个脸上挂满笑容,却笑得古怪,笑得邪魅,跟他平时开会在会场碰到的那些"会友"的麻木的微笑完全不是一个调调,江曾水不由得嘀咕了一声,平行空间啊?

有一个人听到他说话,转过身来朝他笑道,你来自哪里?

江曾水一时愣住。

那人仍然笑着,指着昏暗的会场,说,你的座位在哪里?

江曾水急了,赶紧说,对不起,对不起,我走错会场了。那个人一把抓住他,笑眯眯地说,走错了,将错就错罢,跟着我们开会就是了。

江曾水说,那不行,那可不行。

那个人始终是笑眯眯的,可是他的话却很强硬,说,不行?那你想怎样,你以为你出得了这个会场吗?

江曾水虽然不至于吓出一身冷汗,但也觉后背凉飕飕的,颇感不妥,果然,那个人就伸手来拉扯他了,江曾水大声道,你别拉我,我不是我,这是我的梦,我要醒了——

他使劲一喊,果然把自己喊醒了。

醒来一想,十分庆幸,幸好是个梦,醒来就立刻感觉一切正常,想到自己昨晚一路过来参加会议,一切没有差错,心又安稳了,即便只有夜灯那一点光亮,也觉得房间是那么的亲切熟悉,黑暗中能够感受到一样一样的习惯。

因为梦过于清晰,就在眼前,他忍不住又去回想这个梦。

其实,因为江曾水经常出差睡在家以外的别的地方,天长日久,他早就总结出一些经验,或者说有一些特殊的感受,他知道人住在外面做的梦和睡在家里做的梦是不一样的。

基调,光线,色彩,内容,一切的一切,都不一样。

宾馆酒店的房间是川流不息的,每天迎接一个新的客人,每个客人带来不同的气息,都集中在一个封闭的房间里,许多宾馆酒店又不习惯开窗通风,于是,这每天每天的不同的气息,就混杂在一起了。所有这房间里的气息不可能是单纯的宁静的,各种人物都住过,都呼吸过,都吐纳过,你想想就知道是什么样的味道,呵呵。

你不能保证,别人的气息,也进入了你的梦境,甚至别人的梦境,也会遗留在房间里,于是你睡在这里做的梦,自然跟睡在家里做的梦不一样。

就是这样简单的道理。

江曾水也没必要多想,他是三天两头要开会的、要出差住宿的,更多是他将自己的梦留给别人罢。

早晨起来,依然一切如常,洗刷后去一楼自助餐厅,进餐厅,眼睛快速地扫一下,特别熟悉的没见到,大多是半生不熟、既生又熟的,互相点头致意。

早。

早。

昨天来的?

嗯,昨天下午到的,你呢?

我昨天晚上。

哦,忙啊。

是呀,忙,会多。

开完就走呀?

是,开完就走,你呢?

也是。

然后各自去拿盘子筷子,挑食,商务酒店的自助早餐越来越丰富,中西合璧,应有尽有,当然,也是大同小异。

会场在三楼,早餐后江曾水从一楼到了三楼,进会场,找席卡,他起先还是冲着那个错别字去的,找到了才发现,会务工作真是细致到位得没话说了,竟然真的把席卡改过来了,江曾水。

江曾水心中颇有感慨,他也找不到会务人员去感谢,只是想,今后自己办会,也要这么认真才好。

他到得早,坐下的时候,左右两边的人都没有到。右手边的这个名字是刘一乐。不认得。不过也许是认得的,因为认得的人太多了,就变得不认得、不记得了。好在都是参加同一个会的,大多是同行啦,会议无聊时可以找些同样无聊的话题聊聊。

等了一会,那个刘一乐来了,先朝江曾水笑笑。江曾水迅速在脑海里搜索这张脸,好像搜到了,又好像没搜到,脑海中的一张脸和这个名字一样,似曾相识,却又未曾记得。

刘一乐挤过江曾水身边,进去坐下,然后看了看江曾水的席卡,想说什么,又没有说,大概和江曾水一样,觉得既陌生又不陌生,不好贸然说话。

江曾水先打个招呼,刘总好,忙呀。

刘一乐也赶紧回复,江总好,忙呀。

刘一乐侧脸和他打招呼的时候,目光恰好越过他,到了江曾水左边的那个位子,那个席卡上写着:李今朝。

刘一乐微微一笑。

江曾水从他的笑意中判断,刘一乐认得这个李今朝,他心中不免有一些些奇怪,他又顺着这股奇怪的感觉,前后左右四处看了看,凡是已经坐下的,凡是和他的目光接触到的,都朝他点头微笑。

江曾水也无法一一判断了,因为每次的会议座位安排,周围总会有几个叫得出名字、对上脸面的人,可今天这左右两边的,他都不熟,或者说,他都记不得。

正在有的没的瞎想想,会议就要开始了,主席台上的领导都一一就位了,左边的这个人才气喘吁吁地赶到了。

是个女的。

她也一样先朝江曾水笑笑。

江曾水右边的这位刘一乐,本来是凑过脸来,想隔着江曾水和李今朝打招呼的,可是一看到"李今朝",他嘴里立刻"呀"了一声,准备好的笑容,也有点凝固,有点尴尬。

李今朝只是朝刘一乐那边瞄了一下,赶紧收回目光,江曾水注意到她的目光投射和收回之迅速,他想,看起来,他们俩也不认得哎。

果然的,刘一乐用手肘轻轻拱了一下江曾水,低声说,不是他,替会的。

江曾水也轻轻地"哦"了一声。替会,这再正常不过。无所谓。

刘一乐却没有那么无所谓,他好像有点不乐,嘀咕说,替会就替会了,弄个女的来替男的,这也太呵呵了。

87

江曾水这才知道,李今朝是个男的,结果搞个女同志来替会,确实有点胆大妄为了。

看到江曾水和刘一乐都朝她注目,那个女同志果然有点不安了,满脸通红,赶紧低了头。

这边会议已经开始,也仍然是惯例,领导讲话,年度报告,经验总结,先进交流,下一年规划,等等等等。好在江曾水开会是从来不带耳朵的,所以他开会会无感,如果带了耳朵又带了心来听,那是会很烦很郁闷的。

不带耳朵,耳根子清净,任凭思想神游。

思想神游就有意思吗?没有意思,也一样无聊。江曾水眼珠子一转,从刘一乐的席卡,看到李今朝的席卡,再翻着看看会议名册,看看还有哪些人。

结果第一眼就到了她的名字,向红。

心里有一点涌动,她好久不出现了,前面好几次会议,她应该来的,但是都没见她来。

只可惜名册不是座位表,看不到她坐在哪里,伸头朝前面看看,都是差不多的背影,再回头望一下,结果后面的人也都无聊着,看到他回头,都一一盯着他,恨不得盯出点什么意思来,搞得他也不好意思再回头了。

心思就有点活泛了,即便没带耳朵,也坐不住了,假装上洗手间,一边穿出去,一边横眼睛扫着会场,没看到。这很正常,这么大个会场,要想在大庭广众众目睽睽之下悄悄地找人,确实不易。

有个人跟了他出来,朝他点头,那是到外面抽烟的,江曾水不抽烟,也没有要尿的感觉,但既然出来了,就去一趟卫生间再说吧。

从卫生间转了一圈出来,看到那个假的女李今朝在卫生间门口打电话,她也不怕被人听见,赌气似的大声嚷嚷着,好像说什么人家都看到了,人家都知道了之类。

江曾水以为她是有点慌张心虚了,毕竟叫一个女的来替一个男开会,这也是比较少见,她该是打电话向谁抱怨呢吧。

可是再一听,却不对,她是在告诉对方,她走错了会场,不是参加这个会的,会上没有她的名字,可是她一旦进了会场,工作人员就把她指点到一个空位子那儿坐下了。

可能电话那边说了什么不好听的话,这边她又急了,说,你以为我想坐下去吗?我才不想坐下,可是会议正好开始了,那个工作人员好严肃,让我先坐下,不要影响会议开始,不要让主席台上的领导人看下来觉得会场的纪律不好,我只好坐下了,结果旁边那两个人都古怪地看着我,像看个骗子似的。

不知电话那边又说了什么,那假李今朝嚷嚷说,好了好了,不跟你说了,我也不进去了。她转身就走开了。

这个女的也够糊涂的,居然还能走错会场,也不知她在抱怨谁,难道是别人让她走错的?

不过这可碍不着江曾水,他将这个假的女的李今朝丢开了,他的心思还在向红那里。

向红坐在哪里?

江曾水站着稍稍想了一下,就已经知道座位是按什么顺序排的了,这样一想,就知道很容易找到向红了,回进会场的时候,他绕过去一看,却发现不是她,但也是个女的。

他和她简单交换了一下目光,心领神会。

替会的。还好,没让个男的来替女的。

这一点点的波澜也就平息下去了。

等江曾水回到座位,假李今朝已经换成了真李今朝,真李今朝说,哎哎,别说了,开了闹钟居然不响,睡过头了,

散会的时候,江曾水挤在往外走的人流中,感觉脚步都很麻木,忽然就听到后面有人朝前边喊,向红,向红,你等等我,我和你一起走。

前边那个假向红也应声了,声音还蛮大的,哦,好的,不着急,我等你。

江曾水咧嘴笑了一下,现在的这些替会者,都是硬核,一个比一个经验丰富哦。

大家乱哄哄地进了餐厅,排队用餐,互相招呼。

吃完饭就走啊。

走啊。

着急啊。

忙呐。

等等此类。

午餐过后,就是退房离会,很少有人再想享受一个午觉再走的,

就算平时中午非睡不可的人,在午觉和开路之间,还是选择开路。

开路真的很重要。

大家都走个不停,让你停你也不肯停,你却还抱怨走不停。就是这样。

江曾水回房间拿上背包,拔房卡的那一刻,看到扔在墙角的那个会议材料袋,犹豫了一片刻,又朝材料袋望一眼,看起来不重,虽然里边的东西没什么大用处,但他决定还是拿上,万一回去要写个什么材料,作什么汇报,也有现成的可以参考,省得再到网上找,再到别的公司讨要。

这就带上了材料袋,下楼退了房,出门,专车很专业,已经到门口,一对名字,司机说,江曾水?

对,江曾水。

上车,出发,高铁,回家。

会议就这样中规中矩没有差错地开过了。

难道不是闭着眼睛也能开了的吗?

过了一周,江曾水又出去开会了,会上他碰到了熟人老金,老金看到他,有些奇怪,说,江曾水,上周南州滨江大酒店那会,你怎么不来?

江曾水说,说谁呢,我去了——哎,对了,我倒是没看见你,是你自己没去吧?

老金说,你哄谁呢,你的席卡空在那里,你又恰好排在第一排,怕台上的领导往下看到不好看,会务上特意把一个工作人员安排到你的位子上闷坐了一上午,头也不敢抬,作孽。

江曾水说,你搞什么搞,上周那个会,我肯定参加的,会上有我的席卡,我就坐在席卡那儿,难道另外一个会场上,另外还有一个席卡,还有另一个我?

老金"扑哧"一笑,说,你平行空间呀?

江曾水说,呸你的,我是坐高铁去的,车票是总办订的,我还,我还——他努力在脑海里搜索,看看有没有更实的实证来证明自己是到了会的,想了一会,想到了,向红。他立刻理直气壮地说,向红,前州分公司的那个向红,你也认得的,她也在那个会上的——可是话一出口,他又感觉有些问题,其实只是向红的名字在那个会上,那个人,替会的,虽然她想冒充向红,可她并不是向红呀。

果然,老金呵呵一笑,说,向红是吧?我也在会上看到向红了呀,我以前没跟她加微信,这次加了一个。

两个人争辩了一会,会议开始了,双方也就不再纠缠。

散会后,老金的身影迅速就淹没在人流中了,江曾水也不至于再要找他问个清楚。

可是这个事情在江曾水心里有一点小疙瘩,如果说会议规模大,会上老金没有看到他,或者他没有看到老金,这也正常,但是为什么老金看到了向红,还加了微信,而他看到的却只是向红的名字?

回家后,他心里还存着这个事情,沿着事情往前想一想,就顺理成章地想到了材料袋,他有材料袋为证。

集团的管理十分严格规范,凡是外出开会的,只要有材料带回来的,自己不想保存的话,都交与后勤统一保管三个月,三个月以后才会处理掉,江曾水才交了一周,材料袋肯定在,他找到后勤,讨要材料袋。

后勤是一位工作细致有经验的老同志了,所有材料他都一一做有记号,很快就把江曾水上周带回的材料袋找出来了,交给他,江曾水一眼看过去,眼熟的,蓝色的纸袋,就是它了。

接过来手伸进袋子一掏,掏出几份宣传资料,一看却傻了,怎么是一些旅游公司以及旅游景点的宣传介绍呢,这跟他的工作八竿子打不到一块去呀。

江曾水将袋子递还给后勤,说,错了,这个不是我的。

后勤接回去看了看,说,就是你的,这上面,我都做记号的,你看,这里写着,江曾水,某月某日,南州,某某会议,错不了。

江曾水说,会不会是你记的时候搞错了,这不是我参加的会议,我怎么会去参加这样的会议?

后勤也把材料拿去看看,也觉奇怪,说,咦,怎么会是旅游方面的东西?

那是,别说江曾水,集团的任何人,谁会去参加旅游方面的会议呢?

他们都有点蒙,想不太明白。

他们百思不得其解吗?

才不会。一想都不用想的,百思干啥?

无所谓。

93

现在的人,心大,想不明白就不想。

但是读者诸君会有意见的。

其实这事,我是知道的,我告诉你吧。

江曾水应该去的那个酒店叫滨江大酒店,而他实际上去的那个酒店叫江滨大酒店。

那又怎么样呢,反正他已经照样顺顺利利地把会开完回来了。

本来嘛,多大个事,不就是开个会嘛。

无 情 物

钱千里碰到棘手的事情了。

虽然棘手,但又不算是什么意外的事情,因为这本来就是他自己的工作。

小坝村要被征用了。

钱千里是镇上分管新农村建设的副镇长,这块工作现在可是头等大事,所以钱千里的排位也越来越靠前了,从第四位排到紧随正镇长之后,相当于常务了。

肩上的担子重呀!

而且因为书记镇长不和,两边都向他示好,他在中间颇为得意。这也是他的能耐。如果是个没有能耐的蠢货,夹在两个领导中间,那就是风箱里的老鼠,两头受气。

钱千里提拔当副镇长不久,就干了一件惊天动地的大事,征用大坝村。

征用土地,你以为是闹着玩的?

现在在农村干这样的活,拆迁一个村子,安置几百个农民,不死也得脱层皮。哪个不是把脑袋提在手里干的。

可是钱千里还好啦,不用提着脑袋,只是多操点心而已。这一来是因为他到这个岗位的时候还不够长,屁股上还没来得及沾上屎,他就很牛拽,我是一心为公的,我怕谁?二是因为他的脾气好,是个笑面虎,无论对方怎么不讲理,他都不会生气,不会动怒,碰到钉子户,他也不会动粗,只会可怜巴巴地坐在他家,一边讨饶,一边慢慢做工作,做得人家都没有了脾气,说,算了算了,你镇长都天天在我家上班了,你还不吃我们一口饭,你都自带干粮,我们还能说什么。

其他的乡镇,在征用土地的过程中,不知道出了多少问题,捅了多少娄子,给领导添了多少麻烦,害了多少领导,换岗的换岗,下台的下台,进去的进去,唉。

既然搞土地征用风险如此之大,那就不能不搞吗?

当然不能。这是大势所趋,谁又敢螳臂当车呢?

所以,当钱千里顺利地搞完了大坝村,钱千里也就出了名,上级开始关注这个人了,前不久,组织上已经来考察过,程序也走得差不多了,如果不出什么差错,近期召开研究干部的常委会,然后一公示,他就要到另一个镇上去当正职了。

可偏偏就在这,要征用小坝村了。

这难道是一个劫数吗?

这事情连正镇长还都不知道呢,镇党委书记在第一时间悄悄地告诉了钱千里,让他有个思想准备。

而且,要他绝对保守秘密。只不过一个小道消息,不要搞得鸡飞狗跳。

尤其不能让小坝村的农民抢先知道了,若是他们先听到风声,那可是了不得的一场暴风骤雨,谁都保不准谁会在这样的风雨中倒下。

从书记口中听到这个"小道消息",钱千里有点厌了,这和当初他雄心勃勃接手大坝村的时候完全不一样了,他甚至冒出了冷汗,浑身都瘫软了。

无风不起浪,所谓的"小道",常常来之于"大道""正道",只是提前走漏出来而已,很快事实就会证明,"小道"就是"大道",就是"正道"。所以对于征用小坝村的消息,钱千里是宁可信其有,决不信其无的。

钱千里十分纠结郁闷,唯一的希望就是暴风雨来得晚一点,只要"公示"一出来,他立刻就拍屁股走人了。

可是也许他去的那个地方,也要征用呢,那就只能走着瞧啦,逃过一劫是一劫。何况他过去,是担任正镇长一职的,拆迁的事情,一般由分管副镇长具体抓,书记亲自坐镇指挥,正镇长反而可以超脱逃避一点。

只是公示这事情,他自己是急不得的,急也没有用,上一级的常委会讨论干部也是有规矩的,不是啥时候想开就开,即便方方面面都准备好了,还要看一把手的时间安排,也有碰到不凑巧的阶段,这个

97

阶段常委会就老是开不起来，或者因为其他中心工作太忙，或者这一批将要提拔的人不成熟，甚至中间有人被举报，更有甚者，也可能是常委会的主要人物比如书记或者组织部长出事了，等等之类，反正只要有一点风吹草动，讨论干部的常委会，就会往后挪，挪到哪一天，不知道。

凡是被考察过的在等待被开会的人，没有不心急的，但最急急不过那些年龄擦边的同志了，这是他们熬了一辈子最后的机会了，不比那些年轻的像小公鸡一样骄傲有资本的年轻同志，后面还有的是机会。如果一等再等，等到会议终于开了，他的年龄却已经到了，过了这村就没那个店了，急呀，真急。

所以钱千里心里非常清楚，想靠"公示"躲过这一劫，是靠不住的。那靠谁呢？这世道，谁也不可靠，不敢靠，只有靠自己呀。

自从向钱千里透露了这个小道消息后，书记每次碰到钱千里，都会有意无意地朝他多看几眼，似乎要从他那里得到点什么反馈，但是钱千里觉得既然只是"小道"，他就只作不知，假痴假呆，甚至有点躲避书记的意思，害得书记只好直接跟他说，钱镇长，你早作准备啊，文件是说到就到，方案是说要就要的啊。

钱千里心里"咯噔"了一下，文件说到就到，看来已经不是"小道"了，他也真的应该有所准备了。

在新农村建设的过程中，干部们都总结出一套经验了，拆迁这样的事情，政府可以拿政策，可以搞宣传，但是涉及具体谈判、具体协商的事情，已经社会化，交给接盘侠。

接盘侠就是所征用这块地的日后建设方,他们和拆迁的农民一样,是最积极的两方。这最积极的两方,又是利益最大化的两方,让他们坐在一起谈,谈好了,是政府的功劳,谈不好,可以甩锅给其中的任何一方。当然,甩给接盘侠的概率更大一点。你若是甩给农民的话,农民顶着锅跑到省城,往省政府大门口一躺,往嘴里倒一点假农药,热点就出来了。

现在这年头,什么都怕,其中最怕最怕的就是成热点。

但是接盘侠就这么好糊弄么,让接盘侠成接锅侠,他肯定是不干的,不过这不用担心,盘和锅,他都会接的,因为这都是你情我愿的事情,都是有互补合同的,你跟我签一份某坝村拆迁的合同,我再跟你签一份几年内镇上的基建百分之几十归你的协议。你这边为难一点,我那边就补偿你一点。事情都是这样做起来的。要不然,你以为呢?

所以现在钱千里要做的事情就是找到一个接盘侠,但又不能是真的接盘侠,因为如果是真的,事情就立刻泄露出来了,小坝村就要沸腾了。没到沸腾的时候就沸腾,肯定要坏事。

找个假的接盘侠,签一份假的协议,做一个假的项目方案,捏在手心里,如果那个该死的征用小坝村的红头文件真的来了,书记就会找他要方案,他就交出去。他完全不担心假协议假方案会露馅,因为这样的方案,在他手里,不经过来来回回上上下下几十次的反复谈判,是不会确定的,书记也绝不会急急忙忙冲到第一线,在这个过程当中,"公示"他老人家应该来了。

但钱千里并没有把全部的希望都押在"公示"上,他也是有后手的,如果经过了无数次的反复,确定后又再确定的方案已经完全无可挑剔了,这时候"公示"他老人家还没来,而假接盘侠的事情就暴露了,那么,这怪谁呢,当然怪那个假接盘侠骗子啦,谁能想到那个公司居然是个骗子公司呢,而且被戳穿以后,居然拉黑了他,一去再无踪影。

戳穿了骗子,又没被骗子骗去什么,只是白白耗费了一点时间,那就是上上大吉了,再重新物色接盘侠,这也许又是一个漫长的过程,就不信"公示"他老人家真走得那么慢。

如果真走得慢,钱千里也还是会有办法拖延的,总之,在他离开这个乡镇之前,他是不会做征用小坝村这件事的。

找假接盘侠这事情,难不倒钱千里,现在满大街都是假东西,找真的难,找假的易。

而事实上钱千里的办法更简单,连假的也不用找,相信谁也不如相信自己,男方乙方都是我。先胡乱编一个名字填入乙方就行了,反正谈判都是由他出面的,如果书记要直接过问了,就告诉他那公司出问题了,是个假公司,骗人的,怎么办,重新再找罢。

钱千里立刻动手起草了一份关于小坝村拆迁的协议书,协议是十分规范的,一、二、三、四、五等等写了好多条,还故意在关键的地方搞一些漏洞、错别字、语句不通,甚至是相反的意思,一切都在他的掌控之中,到时候如果真的派上用场了,再修正一下就是,这才显得初稿和二稿三稿和最后的定稿有区别。

当然,一份合同最重要的是甲方乙方,现在他只写了甲方乙方四个字,至于甲方乙方是谁,谁都不知道,他也不知道,这个不着急,随时都可以填写。他当然希望到最后也用不着由他来填写。

钱千里把这份"别出心裁"的合同又看了一遍,十分满意,打印出来,放进公文包,万事俱备,现在的钱千里镇长,胸有成竹地走在镇街上。

这时候钱千里的手机响了,有个朋友要找他喝酒,说是谁谁谁,谁谁谁,都会来。钱千里犹豫了一下,现在禁酒令很严厉,但这是私人聚会,不违反规定,何况朋友提到谁谁谁中的谁谁谁可能会有"公示"方面的内部消息,钱千里稍一犹豫,就答应了。

可是到了那里一看,谁谁谁并没有来,谁谁谁也没有来,朋友是带着个朋友的朋友来求他办事了。

这个朋友的朋友的朋友,是东北来的,想在钱镇长这里,找点活干。钱千里心里不太高兴,求办事就说求办事,不能骗人嘛,让他空欢喜一场。但既然来了,也不能翻脸就走,毕竟他是个笑面虎嘛。人家还给他带了个礼物,一只口袋拎到他脚边,他朝里边望了一眼,一堆黑乎乎的东西,也看不太清楚。想起来,东北有三宝,人参、当归、乌拉草。但这都是老话了,现在谁还稀罕这些东西。

笑面虎隐忍下不快,为了朋友的面子,多少喝了一点,喝了点酒,情绪就好起来,交换名片,把人家的名片随手撂进公文包的时候,顺便瞄了一眼,刚刚明明介绍这个东北人姓王,这名片上印的却是李总,他也没在意,管他王总李总,今夜过后,恐怕八辈子也打不上

101

照面。

散场的时候,他不想提那袋东北土特产,假装忘记了,但是人家特意提了追出来,硬塞到他手上。

钱千里走了几步,看到一个垃圾桶,随手就一扔,"扑通"一下,声音有点沉闷,感觉垃圾桶里垃圾肯定很多。

钱千里脑袋有点晕乎,酒这东西还是需要常喝常练,才能保持住水准,现在酒喝得少了,酒量明显下降,回家倒头就睡。

第二天早晨起来,老婆说,你昨天晚上拎回来什么东西,黑咕隆咚的,你现在没人送东西了,连野草都收呀?

他朝门角落那儿一望,那袋东北土特产果然在那里,可是依稀记得昨天晚上是扔了的,难道酒后记忆错误,没扔?看来酒量真是不行了。

现在钱千里还不知道,他是扔了东西的,只不过是他酒后有些糊涂,扔错了,扔掉了自己的公文包。

镇上有个以捡垃圾为生的老太,每天早晚两次,准时到垃圾桶来收货,当天晚上钱千里扔了公文包后不久,老太就来了,捡走了垃圾桶里一些她认为有价值的东西,就有钱千里的公文包。

老太打开公文包看看,里边有几份打印出来的文件,还有一张名片。老太不认得字,文件和名片对她来说,还不如一只空的饮料瓶有意思。但老太是个有道德的人,她想到丢失了公文包的人会着急,第二天一早她就坐在垃圾桶边上,看看那个丢包的人会不会找过来。

钱千里并没有来,倒是有个小学生经过,老太喊住了她,说,妹妹,你帮我看看。

小学生看了看文件和名片,她虽然已经认得出那些汉字了,但是以她的认知水平,还不能理解这些汉字组织起来后的意思,何况这些汉字还被钱千里有意组织得乱七八糟,小学生更加云里雾里,除了小坝村三个字的意思她是知道的,因为她自己就是小坝村的,但她不能告诉老太,这个文件的内容是小坝村。万一老太追着问,说小坝村什么呢,她回答不出来,很没面子。她想在老太面前显摆一下自己的水平,所以她撇了撇嘴说,喔哟,没有用的,人家扔掉的。

其实小学生想得也不错,小坝村三个字,算什么呢,太平常了。

老太一听,放了心,说,噢,那就好。

小学生说,老太,这几张废纸你也没有用,给我做草稿纸吧。

老太就把文件拿出来,交给小学生,小学生本来是向母亲要了钱买日记本的,老师早些天就布置要小学生自己去买练习本记日记,要定时检查。小学生口袋里揣着母亲给的钱,经过游戏房的时候,没忍得住,进去玩了。

她想把这些文件纸裁一下,订成一个本子。

小学生学习不咋样,日记也不会写,一直在拖拉,老师已经催了几次,她的手倒是蛮巧的,她把文件纸装订成本子,做得还像个模样。

老师终于收齐了学生的日记,学生的日记本大多是规规矩矩的练习本,但其中有一本很奇怪,比一般的本子小得多,也薄得多,是用A4纸裁成四页后装订成的,老师想可能这个学生的家庭条件比较差,就没有计较日记本的不规范。但是看了这个学生的日记内容,很一般,没有写作天赋,有的地方甚至狗屁不通。这下老师有点不高兴了,随手一扔,本子翻了过来,老师就看到了本子的反面,那是打印出来的小四号字体,用的是宋体,十分工整,她看了一眼被裁得零零碎碎前后倒错不成文的内容,只看到小坝村三个字是完整清晰的。

老师是刚刚分配到这个地方来当老师的,她还不太知道小坝村或者其他的村子是怎么回事,但老师是个负责任的人,她觉得小学生可能闯祸了,可能把人家的重要文件搞掉了,她认真研究了一下,甚至还把小学生订的订书钉给拆了,想把文件重新组合起来,虽然非常难,但老师还是大体上看懂了拼凑起来的内容,是一份关于小坝村的合同书。

老师把小学生叫来,问她这个纸是哪里来的,小学生说是老太给的,老师叫她去还给老太。

小学生听老师的话,去把本子还给老太,老太说,啥,老师是说有用的东西吗？那么是谁的呢？

小学生翻白眼说,我不知道,老师没说是谁的,老师只说叫你负责任。

老太有点着急了,急忙去把公文包拿过来,摸出那张名片,叫小学生念,小学生念道：内蒙古建群公司总经理,李利春。

老太想明白了,肯定是这个叫李利春的人丢的,可是他在内蒙古呢,应该很远吧,怎么办？

老太虽然不识字,一直捡垃圾为生,但许多年下来,也已见多识广,寄罢。

老太找到小区的保安,请他把日记本寄给名片上的这个人,邮资由老太出。怕保安不乐意,老太给了他两包烟,他同意了,还说,老太,真人不露相啊,你捡垃圾的,居然有总经理这样的关系。

老太说,你要用快递的啊,人家着急的。

保安寄快递的时候,除了写上收件人的电话,还需要留下寄件人的电话,保安没有留他自己的电话,随手留了个同事的电话。

小区保安周德才看到一个陌生来电,他没有接,可过了一会又打来了,如此反复打了三次,周德才想,这个骗子还真执着,反正闲着也是闲着,接了看看他使什么花招,跟他玩玩。

到第四次打来的时候,他接了,说,哎哟,人家骗子一般只打一次,你怎么打这么多次。对方说,我不是骗子。他虽然说的是普通话,但是周德才听出了乡音,感觉十分亲切,那边的人问他,你给我寄的快件,是一本小学生的日记本,啥意思?

周德才有点蒙,愣了半天才说,谁,你谁呀?

那边说,你给我寄了东西,你都不知道我是谁?那你是谁呀?他见周德才不回答,又说,你寄我的这个日记本的背面,好像是什么文件,但是裁得乱七八糟,看不清了,只看得出小坝村三个字。

周德才说,哦,你是说小坝村啊,我们这边是有个小坝村,你是要找小坝村的人吗?这样吧,我把小坝村村支书的电话给你,你直接联系他吧。

小坝村村支书也接到李利春的电话,李利春说,我也不知道怎么回事,就是觉得这事情蹊跷,当然也有点担心,怕万一是什么重要文件,好像给小孩子搞成了日记本。

小坝村的村支书也没当回事,随口说,小坝村怎么啦,名气有那么大吗,大到你们内蒙古都知道呀。

李利春说,我仔细看过了,好像是一份关于小坝村的合同。

本来洋洋哈哈、爱理不理的村支书,一听到"合同"两字,似乎触动了某根神经,立刻兴奋起来,什么什么,什么合同?

李利春说,我看不清楚,要不,我再给你寄回去?

村支书说,寄什么呀,你加我微信,拍下来发给我。

于是距离遥远的八竿子打不着的两个人,就互加了微信,李利春很认真,将裁成小块的合同,一页一页地拍下来,发给小坝村的村支书,最后两人还约定,等到春暖花开时,村支书邀请从未来过江南的内蒙古人李利春,来小坝村看看。

村支书在手机上研究这份破碎的七颠八倒的合同,放大了看,横过来看,倒过去看,看着看着,村支书觉得背脊骨阵阵发凉,村支书受惊吓了,受到了很大的惊吓。

小坝村要征用,他居然一点也不知情,人家居然已经签下了合同,虽然看不见甲方乙方是谁,可小坝村三个字是真真切切的,合同的内容也已经是白纸黑字了。

村支书一边出着冷汗一边胆战心惊地想,这可真是应了一句老话,被人卖了还帮着数钱。

现在小坝村的村支书惊吓过度,简直有点惊慌失措了,他其实已经戒了烟,但是现在不行了,他必须点一根烟来镇定一下神经,他要静下心来想一想，这到底是怎么了。

趁着村支书点烟的时候，我们还是回到钱千里这里来看一看吧。

钱千里始终没在意自己的公文包丢失了，反正他家里的公文包多的是，都是从前开会时发的，大多质地很好，还有不少名牌真货，只是因为太多了，堆在家里嫌占地，丢掉又有点可惜，所以家里添置家具的时候，特意买了一个超大的鞋柜，让那些公文包和鞋子堆在一起。公文包也和鞋子一样，需要的时候就拿出来用。

其实钱千里的公文包本来也就是做做样子的，以防有上级领导突击检查工作，一看这个干部两手空空，吊儿郎当，没有好印象，仅仅是这样一个作用而已。公文包从来都不是钱千里会关心的东西，重要的材料，搁哪里也不要搁在公文包里呀。有个干部还把和情人开房的房卡放在公文包里，傻呀。

扔公文包的第二天早上，他出门前，随手从柜子里又拿了一个，那一瞬间依稀有点印象，好像不是昨天的那一个，他还用心回忆了一下，昨天的公文包里有什么，记不很清。因为不重要，也就不需要记得清，应该是有几份打印的文件。凡是打印出来放在公文包里的，都不属于重要的东西。却忽然间记起昨晚喝酒时的一些片段情形，那个姓王的东北人给了一张姓李的名片，随手放在里边了。

当然，钱千里不把公文包的事情当回事情，最主要的原因跟书记是有关的，书记这几天到县里学习去了，见不着面，就不会给他眼色，没有书记那吓人的眼色，钱千里也不会庸人自扰，小坝村征用这样的令人忧心的事情，还是不要时时想起为好，决不放在心上，"公示"已经走在路上,他只管安心地等待。

这一天晚上,时间很晚了,钱千里已经睡下了,忽然就接到了小坝村村支书的电话,口气急得不行,如同遭到天打雷劈了,一分钟也不能等,有天大的事情要当面向钱镇长汇报。

村支书摸黑找到了钱千里的家,跌跌撞撞进来,慌得口不择言,不好了钱镇长,不好了钱镇长!

钱千里心头一凛,此时此刻,要说钱镇长有什么"不好了"的事情,除了"公示"还会是什么?

钱千里心里一"咯噔",脱口而出,啊,举报了?

村支书不知道"举报"是啥意思,赶紧说道,不是举报,不是举报,是暴露!一边说,一边取出自己的手机,翻出李利春发给他的微信,举到钱千里眼前说,钱镇长,你看,你看——

钱千里看到"李利春"三个字,感觉略有点眼熟,但想不起来是哪里,他也看不明白那些拍成照片的支离破碎的东西是些什么东西,他倒是对村支书的屏保页面有点兴趣,那是小坝村的一幅全景照片,用美图秀秀修过,看起来很美。

村支书见钱千里竟然还在关注他手机屏保,看起来这事情真的很可怕,实在太可怕,连分管这块工作的镇长都一无所知呢,他急得说,钱镇长,晴天霹雳了,小坝村要征用了!

钱千里听村支书说"晴天霹雳"这样的词,差一点要笑出来了,但是随即他心中一荡,想道,天下真是没有不透风的墙,小坝村征用的事,到底还是泄露出来了。他颇有些奇怪,整个镇上,这事情貌似只有书记和他两个人知道,那消息是谁泄露出去的呢?再看小坝村村支书的神态,可不像是听了小道消息那样的猜疑和征询,那完全就是铁板钉了钉的态度。

钱千里立刻问道,小坝村征用?谁说的?

村支书急道,钱镇长,都到这时候了,还用问谁说的吗?

钱千里说,难道,文件下来了?嘴上问着,心里愈发觉得不对劲,又接二连三地追问道,支书你看到文件了?你怎么会比我先看到文件?难道是周书记直接找你谈了?

村支书说,钱镇长,你怎么消息如此不灵通,现在已经不是文件下不下来的问题了,人家连合同都已经签下了,他们瞒得太紧啦,滴水不漏呀,我们被蒙在鼓里也就算了,竟然连钱镇长都不知道,简直了!

钱千里简直目瞪口呆,说,什么合同,什么合同已经签了?

村支书又把手机举起来,就是这上面的,刚才给你看的。

钱千里赶紧再把村支书的手机接过来,认真仔细地研究那些奇怪的图片内容,只是那些图片里的用词,都是十分规范的合同用语,除了小坝村三个字有特指性,其他的句子和字眼,放在任何一份合同里都是适用的,钱千里挠了挠头皮,正有些茫然,忽然间,他眼前一亮,因为他看到了一个词:

无情。

用在"解除合同"前面,就是"无情解除合同"。

钱千里一看到"无情"两个字,立刻"嘻"了一下,脸色很不严肃。

几乎所有的合同都是板着脸的,字字句句背后都隐藏着杀机,都是冷酷无情的,只是这种无情,从来不会从字面上体现出来。

所以,对于一份合同来说,"无情"真是一个十分罕见的词。钱千里当副镇长的几年里,起草过许多合同,他当然是十分清楚的,所不同的是,他曾经起草的那些,都是真合同,而这一份合同,则是真呵呵,感觉好像是特意让他在紧张焦虑地等待公示的日子里,轻松一下,起草的时候,甚至带了点调皮的心态,有一点忘乎所以、心血来潮,在规范的"解除合同"前面,敲上了不规范的"无情"两字。他甚至还自鸣得意了一下,作为一个曾经的文学青年,参加工作以后,就没有任何机会让他使用一两个自己喜欢的词语。

这个词,放在任何合同中,都是不适合的,一般的正常的正规的合同中是绝对不可能存在的。当然,如果钱千里的这份假合同最后要变成真的,这个词肯定是会取消的。只不过,钱千里完全没有让假的变成真的想法,所以他才敢,也才有机会调皮一下,用了一个不规范的合同用语。

这个不规范的特殊的词,让钱千里明白了,村支书手机里这些图片,正是他亲手做出来的又被切割了的假合同。

他完全不知道这份假合同有过怎样的曲折经历,怎么会从一个内蒙古的李利春那儿,拍成了碎片到了村支书的手机里,他一路回忆过去,只能回忆到自己酒后将公文包当成土特产扔了。

除此之外,他怎么可能知道它的经历呢?

虽然他可以觉得侥幸,因为合同上并没有具体的甲方乙方,他自己没有暴露,但是小坝村征用这件事情已经暴露无遗了,要指望村支书守口如瓶,保住秘密,那是不可能的事。

原来设计好的,万一出问题就甩锅给别人,难道结果要自己背锅吗?

还好,还有一把手书记在呢。

一把手是什么,就是个子最高的那个,天塌下来,肯定是他先顶着的。

书记已经结束了学习,返回镇上了,钱千里一大早就抢在所有人的前面,进了书记办公室。他琢磨了大半夜,觉得在书记的火眼金睛面前,还是不要耍小聪明,不要抵赖,直接先认错,承认不小心搞丢了合同,然后建议书记干脆将消息公开,先声夺人。

书记学习回来心情不错,笑眯眯地看着他,又看看秘书准备的日程安排,说,哟,钱镇长,什么急事,一大早,也不分个先来后到,抢别人的先头啊?

钱千里急切道,书记,等不及了,小坝村——

书记笑着打断了他,说,哦,小坝村啊,上次跟说你的情况,你准备得怎么样了?

钱千里说,书记,我就是来坦白这个事情的。

书记说,呵呵,坦白?我就知道,你没有准备吧,你那天跟我汇报,说合同都已经准备妥了,那是缓兵之计吧,不过你也别紧张,我早料到你会敷衍的,你不敷衍谁敷衍?都要公示了,都看得见明天了,你还揽这档子麻烦事吗?

钱千里愣了一愣,竟听不出书记这是批评还是鼓励。

他只是有些奇怪,怎么书记口气轻佻,神情轻松,眼睛里也没有了试探和加压的意思,很快他就知道了,原来书记那里又有了新的"小道",小坝村还没有开始的征用叫停了,新来的县委书记的工作思路,和前任有区别,更符合新时代潮流,不要把农民的地拿来造新房子,而要在原来的泥土上打造美丽乡村,所以就无情地毫不客气地把前任已经酝酿成熟的想法扼死在想法里了。

本来嘛,你拿走农民的地,在乡下造了房子,风景再好,价格再便宜,城里人也不会来买。你农村就该是个农村的样子,该种粮食种粮食,该养猪就养猪,只要搞干净一点,再种点花花草草,打扮打扮就行,城里有好多人,好久没见过农村了,也有好多人,从来就没见过农村,如果是美丽乡村,他们会来看看,因为这里有他们的乡愁。

钱千里如释重负,长长地松了一口气,忽然就想起了自己的合同中使用的那个词:无情。

无情真好。

此时此刻,小坝村征用的消息,已经在小坝村全面传开了,小坝村的村民,纷纷谋划着自家的未来,纷纷行动起来,他们强占不属于自己的地方,他们抢搭违章建筑,他们甚至连猪羊圈都扩大了几倍,他们真是无情的一群人。只是他们不知道,因为他们是农民,他们常常是消息到达的最尾端,其实在消息的开端之处,他们的梦想的翅膀,已经被无情地斩断了。

邀 请 函

马尚在集团总办工作,主任助理,听起来还不错,好像除了主任就数他大了。其实主任有好几个助理,他只是其中之一。何况还有正式的副主任若干,副主任们对"助理"的心态各不相同,但有一点却是一致的,就是觉得,助理虽然和他们一样级别,甚至也都有正式批文,但毕竟有点名不正言不顺,好像那都是随便喊喊的,不够硬气。

不过对马尚来说,这也无所谓,只要能够做好自己的本职工作,拿到那份比较可观的年薪就好。

马尚所在的企业是国企。国企了不得,又在体制内,又能拿高薪,既体面,又实惠,两头都占上。在好长的一段时间内,大家都是削尖了脑袋往国企钻。现在稍微有点弱,其实也不是实力降低,主要是老百姓和舆论看着他们好处两头占心里不爽,抨击得比较厉害。好在抨击归抨击,国企仍然是国企,该干吗干吗,不受影响。

集团规模挺大,分工也就比较细,马尚给主任当助理,主要的工作任务就是安排各种会议和参加各种会议。

你也许不相信。一个年轻力壮、年富力强还是高学历的人,难道光是为开会而生?

要不然呢?

不开会你想干啥呢?

老大的要求就是这样。老大一贯的想法就是这样。开会是企业发展最重要的最不可或缺的工作内容,多开会,多请人,就是造势,只要造了势,就会有效果,就会有影响,生意就会好起来。

你能说他说得不对吗?

就算他真说得不对,你能怎么样?你想告诉他你错了?

你想多了。

他哪怕说,天下的事,就是靠开会开出来的,你也只能认了。难不成你还能怼他,说不是?

老大真是天生的会议思维,不仅自己的集团要开会,对于合作单位、兄弟单位,甚至来往较少的单位,甚至八竿子打不到一块的单位邀请的会议,也同样重视,再三强调,只要有人邀请,必须有人参加。

集团上下,对于老大的指示,向来贯彻落实到位,所以马尚平时所做的事情,基本上就是为自家的各种会议做准备以及参加别人家的各种会议。

先说自家会议的准备工作吧,虽然千头万绪,但是如果经常开会,天天开会,也就习以为常,对于马尚这样久经会场、经验丰富的人来说,不敢说小菜一碟,也敢说手到擒来。

其实刚开始的时候,马尚也犯过很多错误,被几任主任都骂过,严重的时候,甚至被老大骂过,那属于老大越级骂人了,那是真急了。

最后他终于在错误中成长,适应了。

其实你们难道没有发现,这里边也是有问题的。老大又不会永远是老大,有的老大,很快就升到更高一点的地方当老二去了。这很正常。有个段子说老婆见老公老是纠结,就总结出一套,对老公说,你们男人就是这样,刚当了老二,就急吼吼要当老大,好不容易当上了老大吧,才过不久,又急吼吼想当老二了。呵呵。

也有的老大,一直干到退休,那也是正常。而且是坚挺强硬的正常。

当然,还有少数出事的老大。他们已经出事了,就不说他们了。人还是厚道一点的好。

虽然老大走马灯似的经常换,但是在马尚看来,他们虽然经历、脾气、背景各异,但绝大多数都是会议思维,他在总办负责开会已经伺候了五任老大,差不多一个比一个更重视开会,简直了。

你瞧,这不,现任的老大,才来不久,就召开领导班子会议,在领导班子会议上,一下子确定了近期的八个会议。

其中一个就是:集团成立十五周年庆祝大会。

十五,又不是个整数,一般十年二十年才是大庆,十五搞什么名堂嘛。但是老大不这么想,老大才来,急着要造声势,要出形象呀。集团是全省国企中数一数二的大户,所以但凡集团的大型活动,就有希望能够请到上级领导，所以必须要办，一定要办。

只是，有点遗憾，按照现行的规定，庆典要低调，喜事要从简，活动名称也很讲究，不能太张扬，又不能不张扬，换个说法就是，又要夺眼球，又不能太刺眼。

这个有点难度，于是，有人出来贡献智慧，他在集团号称"金点子"，在前老大那儿就是鞍前马后，金句迭出的，现在他又为新老大出金点子了，他说，把庆典和年会合起来搞，就不会太刺眼。

年会是年年搞的，十五庆典是现老大特有的，所以现老大对这个两结合并不是十分满意，但是考虑再三，觉得还是安全第一，所以同意了两结合的建议。

然后仍然是大家出主意，最后由老大认可，给庆典取了个名称叫"吉祥之夜"。

有点暧昧，有点诗意，也突出了重点，恰到好处。

第一天晚上的庆典加第二天上午的年会，完美。

现在这张"吉祥之夜"的白纸已经到了马尚手里，需要马尚在白纸上画出最赞的图画来。这是老大新上任后的第一个会议，马尚自然是全力以赴，视会如归。

决定召开会议的会议，马尚是没有资格参加的，但是有主任列席，主任列席回来，自然会向他细细传达会议的各种要求、时间地点、规模名单、住宿伙食标准、会议议程等等之类一切。

就这样马尚开始了他的新一轮会议准备工作，首先就是发邀请函。

发邀请函是一项既简单又复杂的工作,当然对于马尚来说,早已经是小菜一碟。先将名单分为三类,第一类,不用太讲究,平时来往比较多的,使用微信的,只要通过微信把邀请函发过去就完事了。第二类,没有互加微信的,属于一般的工作关系,见面机会不多,不太亲密,但是由于长期合作,肯定是有联系方式的,比如邮箱,对这类人,马尚一般是通过邮箱发邀请函,这和微信一样的方便。这一类和第二类人物,他们的联系方式都存在于马尚的手机和邮箱通讯录里,其实他甚至可以选择出被邀请的人,打个钩,群发。

但是马尚不会这样做,因为受邀请的大多是尊贵的客人,你不能连称呼都不给他,就请他来开会吧。所以马尚在每一封邀请函发出之前,会修改称呼,需要的话还会修改个别词语,然后一对一地发送,尽可能做到万无一失。

最后就是第三类人物了。这类人物,是不用马尚经手的,马尚不能直接用微信或邮箱通知他们,必须把正式的邀请函打印出来,用红色的封面套住,由主任甚至得由老大亲自送上门去。

至于邀请函的设计,也很简单,把去年的活动邀请函拿来做个参考。所谓的参考,也就是把名称、时间、地点改一改而已。会议连着会议,谁会在意其中一张邀请函的设计呢,何况去年还是前老大,今年已是新气象,万机待理,工作中心怎么也到不了一张小小的邀请函上面。

所以现在,发邀请函这工作,在马尚这里基本上是可以做到万无一失的。

"吉祥之夜"在千呼万唤中终于到来了。

会议下午╳╳到,庆典晚上开始,但是集团自己的人马,肯定要提前到位,马尚尤其╳

马尚到达会场的时候,╳╳╳╳╳╳说老大已经在来的路上,要他小心着点。

马尚心里一嘻,他没有什么可小心的了,已经面面俱到╳,╳完美无缺了。

他心里正酝酿着小确幸,忽然就没来由地打了个冷战。其实要说完全没来由也不对,那是因为他听到了一个熟悉的声音。

这个声音正在什么地方嚷嚷:你们什么意思,你们想干什么,人没走,茶就凉啊?啊?

马尚心里顿时"咯噔"一下,我的天,这是前老大的声音?

马尚真是有点惊魂了。

前老大刚退二线不久,一线的会议是不会邀请他来参加的,他怎么会出现在这里呢——马尚脑筋正紧张转动,前老大那个速度,简直了,已经出现在他前面了,仍然是当老大时的口气,马尚,你给我过来!

只差没说个"滚"字。

马尚赶紧滚过来说,钱总,钱总,您,您来了!

前老大面孔涨得通红,青筋直暴,骂人说,马尚,没想到你也是个忘恩负义的东西,你这算是通知我参加会议吗?你是存心不想让我参加吧?你那邀请函,昨天晚上才发给我,你让我一点准备也没有,怎么,你以为我到二线啦?

马尚简直一头雾水,邀请函?他根本没有给前老大发邀请函,也根本不可能给他发呀。他来了,老大咋办?

可是既然已经来了,都面对面了,虎威感还在,马尚现在只有低头哈腰说,他只有点头哈腰,连连检讨,尽量含糊地说,抱歉抱歉,对不起,对不起——

抱什么歉——前老大一声断喝,我告诉你,你这邀请函,问题大了!

马尚赶紧说,您说,您批——

我批什么批,你们傅总,是怎么领会现在的精神的,吉祥之夜,这是个什么东西?

前老大说现老大什么东西,这话就有点粗糙了,但这是前老大的一贯风格,前老大一向以粗见长,以大老粗自居,可以随便骂人,如果有群众反映,上级觉得他过了,说说他,他就会说,哎哟,我是个大老粗,有口无心。

你还能怎样他?

真是以粗卖粗。

好不容易挨到霹雳虎离去,哪料今又杀回,大发虎威,逮住个小小的助理,马尚是被骂惯了的,早已经习惯成自然,爱骂骂罢,一个耳朵进一个耳朵出便是,他心里慌张的不是挨前老大的骂,而是现老大来了怎么办。

他嘴上讨饶,其实任凭前老大怎么装蒜,他心里也不再把他当根

119

葱,却不知道前老大还真当回事了,要来会议手册一看,这下委屈真大了。

会议手册上,竟然没有他的名字,到总台拿钥匙,居然没有他的房间,这下子马尚担当不起了,如果是他邀请的,却没有名字也没有房间,那是想要对前老大干什么呢?马尚都能想出一身冷汗来。

情好这时候,主任电话又到了,你在哪儿呢,老大到了。

马尚双腿一软,两眼发黑,目光昏暗,就依稀看到主任陪着老大过来了。

老大在半途那边站定了,朝这边张望,好像有些疑惑要不要过来,马尚感觉老大是在问主任,那个人,是前老大吗?

怎么不是。

老大的反应够快,轻重缓急更是分得清,他立马就调整了情绪,堆起满脸的笑容,疾步过来和前老大打招呼。

前老大本来就觉得,这么大的委屈,简直是天大的侮辱了,逮住一个马尚,有什么意思,正好老大送上前来,来得正好。

前老大上前就说,傅总啊,年会年年搞,今年你搞大了。

老大完全不动声色,笑眯眯道,哪有哪有,尽力而为。

笑虽笑着,说话却滴水不漏,连虚假地应付一句都不肯,比如说,你完全可以随口对前老大说一句,这是建立在您的基础上、没有您的打拼哪有我的今天之类,明明是假的,但你说了人家也会高兴一点。但是老大偏不,我的就是我的,与别人无关。

前老大见老大连客气话都不肯说一句,挺不住了,直接挑战说,傅总,我得问问你了,你们工作是怎么做的,邀请我来参加会,怎么没有我的名字,也没有我的房间?这是在打谁的脸呢?

老大是个笑面虎,人家都挑明了,他仍然含糊地笑着,说,喔哟,怎么会这样,是谁,哪个工作人员,粗心大意了吧——

前老大一时气急,大概点了自己已经退出战场,雷霆雷霆万钧了,啊!啊!这是粗心大意就可以解释的事情吗?我看这是狗眼看人低哦,工作如此不到位不细致,以前的良好作风这一下下就没啦,什么什么什么。

老大本来就有很好的涵养,现在看到前老大嘴上狗来狗去,明明自己像只疯狗,狗急跳墙了,于是老大的好涵养就愈发充分地体现出来,他自然是占着绝对的无比的优势,优越感爆棚,稳坐钓鱼台,笑看风云。

马尚现在知道轻重了,不能站在一边事不关己了,他赶紧站队说,我没有给钱总发邀请函,我是根据主任给我的名单一对一发的,又不是群发的,不可能搞错呀。

前老大暴跳说,没有发?没有发我怎么会收到?我若是没有收到,我怎么会到会上来的?马助理,你这个助理怎么当的,明明邀请了我,却不给我安排,你这是搞我呢,还是搞傅总啊?不知道内情的,还以为是傅总让你这么干的呢。

老东西厉害,都已经二线了,还如此较真,对部下还如此歹毒,这是逼他二选一吗?马尚也不是什么高尚的人,他只是个一般的人,如果真让他二选一,他必定要选现老大的。

121

只是现在还没有到山穷水尽的地步,他还得再挣扎一下,他赶紧拿出手机,并拍了拍一直随身背着的笔记本电脑,说,钱总,您可以查看我的手机和邮箱——

马尚下意识地看了主任一眼,这是求救的意思,这才发现主任脸上藏着诡异的笑,马尚一时判断不出主任是什么心思,他可是前老大的主任,现老大来了,仍然用他,够意思的了,他不会是身在曹营心在汉吧,这么想着,马尚不由心里一紧。还好,主任虽然诡笑,但在关键时刻还是替马尚说了句话,说马尚工作还是很细致的,很少出差错。

他们真是昏了头,他们难道这么快就忘了前老大是什么样的人,有什么样的水平,即便惯常以粗卖粗,但如果不是铁证如山,他不会如此嚣张,霸气外露,往往自称粗人的,无不粗中有细哦。

怎么不是,你瞧,前老大一听马尚和主任否认,立刻掏出了自己的手机,塞到他们面前,看吧看吧,有没有邀请函?

真有。

是一个微信名"也许"的人发的邀请函。

那张粉红色的邀请函赫然躺在前老大的手机里。

马尚顿时傻眼。

老大才不傻眼,立刻上前搂过前老大,哟,钱总钱总,老领导老前辈,您来,就是对我的工作最大的支持,我还怕请不动您呢——一边回头吩咐主任,赶紧的,赶紧的,安排好,会议手册,这些,销毁,重做,房间,搞个套间,晚上有时间,我亲自陪老领导,搞两局。

两人竟然像哥们似的,勾肩搭背走了。

马尚彻底傻眼，

他的微信和邮箱都没有，老大微信里的邀请函是从哪里过去的呢？那个"也许"到底……

难道，是同事搞的鬼，有人要整他，或是想整老大或者前老大，或者想两个一起整，偷偷到拿了他的手机，了网名，给前老大发了邀请函，然后再删除发送内容？

马尚冷汗都冒出来了。

至于吗？

谁呀，跟他有什么仇什么恨呀？

马尚的同事小李，在一边吭哧吭哧，马尚说，你吭哧什么？

小李说，我说的，我一直就说的，你还一直不信，听说我们集团，可复杂了，在同事办公室装窃听器的都有。

马尚不想听小李鬼鬼叨叨，窃听器摄像头什么的，爱装就装罢，无非就是想听听谁谁谁说了老大什么坏话。可是，说老大坏话，这就是单位的日常的重要工作内容之一呀，哪天真没人说了，那不用问，只有一个原因：老大不在了。

"吉祥之夜"已经隆重开场了。一般说来，只要邀请的人员一一顺利到位，活动开始，后面就没马尚什么事了。但是今天不一样，今天的"吉祥之夜"成了马尚的"不祥之夜"，邀请函的谜没解开。虽然老大搂着前老大去开会了，但是会后老大杀回来的样子，他脸上的那种奇怪的笑容，已经足够让幻想中的马尚打几个寒战了。

马尚必须在老大腾出手来之前，把那封奇怪的邀请函追查出来。

123

马尚不愿意往小李说的那方面去想,那实在太恶心。可是如果不是大毒,那也只能也叫做病毒了,因为前面也遇到过类似的一些情况,比如有一次,他的邮箱收到别人发来的一份邀请函,打开附件,即是一份看不清的名单,他赶紧删除了,但是病毒比他更快更聪明,就在他打开附件的一刹那,它已经钻进来了。它钻进来后并不立刻发作,还休息了一天,到第二天,这封已经被删除的邀请函就在他的邮箱里自动恢复了,并且往他邮箱通讯录里所有的联系邮箱自动发送。凡是收到的病毒邀请函的人,纷纷来打听询问,马尚怎么解释说有一个看不见的邀请函,啥意思?

马尚十分狼狈,一一解释,最后感觉差不多闹完了,马尚刚刚定下心来,却不料这个病毒甚是狡猾,完全不按常理出牌,有的速度正常,发出即到,有的却故意在路上多走一会,以至于到了十天半月以后,甚至一两个月、半年以后,还在捣乱。真是一次中毒,终身受累。

虽然现在马尚无法确定发给前老大的邀请函,是人毒还是病毒,但是他至少已经知道了它的名字,就是那个"也许"。

如果"也许"是个真人,他能够把集团的邀请函发到前老大那里,那应该是马尚身边的人,至少是在集团工作的人,这样的人必定是和马尚有微信关系的。马尚无法检查前老大的手机,就先把自己的手机检查一番,通讯录里的人实在太多了,先跳到最后一看,吓了一跳,竟有近两千个。其中有一大半不太熟悉的,也不经常冒泡,马尚完全不记得。有的人还经常自说自话地换名字,隔三岔五就会冒出几个陌生的新名字,搞到最后,虽然大家都在微信朋友圈里,但其实谁都不知道谁是谁了。或者有个仇人,有个恶人,取了"美丽心灵"或"风轻云淡"这样的名字,再配上美味鸡汤,秀秀美图,真会让你觉得,世界真的很美好,人间自有真情在。呵呵。

马尚得把自己所有的微信朋友以及他们的昵称一一查过来,查得头晕目眩,也没有找到"也许",眼看着"吉祥之夜"已经在歌舞声中结束了,马尚还是一头雾水。

马尚躲在自己的房间找也许,主任的电话追过来了,让他立刻去套间待命,到那儿一看,原来前老大已经回到房间,正三缺一等人呢。

估计老大是食言了。本来么,说说客气话,哪能玩真的呢。那气氛该多诡异呀。见面搂搂抱抱,说几句不嫌肉麻的话,还行,真要几个小时甚至通宵达旦地坐在一起面对面促膝打牌,那可实在是熬不下去,装不下去,挺不住的。

主任是随老大的,老大不在,他也必定不在。但是有副主任呀,还有那个一天到晚胆战心惊的小李,他们看到马尚进来,都阴阴地盯着他,好像一切的不情愿,都是马尚惹出来的。马尚只能忍气吞声低眉顺眼。在事实真相出来之前,他是背锅侠。

好在牌这东西是个调和剂,一抓到了牌,心情立刻阴雨转晴。本来老大食言而撤,前老大是不高兴的,他虽然不会幼稚到相信老大会陪他打牌,但老大是当着下属的面说出来的,不兑现,就是不给他面子了。

还好,这一点点小气恼,打对手一个双下就消掉了。

前老大打着打着高兴起来,调侃马尚说,小马哎,我今天到会,你

125

明天要吃牌头啰。

马尚赶紧说,钱总,那个邀请函确实不是我发的呀,我没有您的微信。

前老大抓到一副天炸,高兴地说,小马,我当然知道不是你发的。

马尚赶紧说,是呀是呀,我的微信名就是马尚,不是也许。

前老大笑道,你当然不是也许。

马尚的心一下子收紧了,直觉暗藏的线索就要露出来了,他赶紧说,钱总,您知道也许是谁?

前老大哈哈笑说,也许就是也许呢。

这话怎么听怎么都听不出真正的意思,大家就哈哈一笑,当他笑话了。

不一会前老大的手机响了,他正在紧张地抓牌,手气好着呢,都不能让别人代抓,按了免提,他老伴急吼吼的声音就传出来了,你在哪里?你快回来吧。

前老大一边抓牌一边将头勾下去一点,嘴靠手机近一点,说,干吗?我今天不回,住会上,明天还有年会呢。

老伴急得说,哎哟哎哟,你快回来吧,别在那边丢人了,人家没有邀请你,哎呀,跟你实说了吧,是你孙子拿你的手机跟你搞的鬼——

前老大呵呵说,你才鬼呢,明明也许给我发的邀请函。

老伴那边急得几乎在叫喊了,哎呀,哎呀,也许就是我呀——

前老大仍然呵呵,说,也许是你?你搞什么搞,你不是喇叭花吗?

老伴急道,你孙子,小猁猁捣乱,给我改了名,我都不知道,刚才还是群里的老姐妹提醒的我。

前老大反应够快的,片刻之间就恢复正常,或者,他根本就没有出现片刻的不正常,仍然一边抓牌一边笑呵呵地说,哟,多大个事,不就改个名嘛。

前老大面不改色心不跳,甩出一对小王,说,一对小鬼!又勾着头对着电话说,喔哟,多大个事嘛,我丢什么人嘛,他们不邀请我,是他们丢人嘛,我虽然不在一线岗位上了,但毕竟那个什么嘛,我还是在职的嘛——他"嘛"了又"嘛",把个老伴"嘛"得无话可说了,他才哈哈一笑,对几个牌友说,其实我早就知道是小赤佬跟我弄白相,你看,刚才我说也许就是也许,你们不相信,呵呵,现在相信了吧。

也许是应该相信了,可总还是觉得哪里不对呀,尤其是马尚,感觉哪里哪里都有陷阱在等着他踏进去,心慌得不行,酝酿了好半天,才小心翼翼地问了一句,钱总,您孙子哪来的邀请函呢?

前老大又抓了一手好牌,随随便便就出一张大鬼了,满脸得意,嘴上说着,大鬼——小马,你说呢?

见马尚说不上来,他又开心地呵呵了,说,今天手气简直了,全是抓的鬼,小马啊,看在你今天输得惨的分上,我告诉你吧,你也别伤脑筋啦,你们傅总不会找你麻烦的,呵呵,你又不是我孙子。

又说,小马,你什么时候变得这么喜欢听故事了?你爱听故事,那我就给你编啦,故事其实很简单,我先是听说你们要搞"吉祥之夜",没有收到邀请,这也正常嘛,毕竟退二线了嘛,干吗手脚还要伸那么长呢,伸得再长也总有一天要缩回去的嘛,不该伸的乱伸,最后被人斩断,这点境界和修养我还是有的嘛。可是后来我又收到了邀请函,有邀请那当然是要来的啦,不能给脸不要脸嘛。但是我来了,你们又说你们没有邀请我,我就到厕所里去看了一下,才发现这是去年一个活动的邀请函,一直在微信群里没有删除,小猢狲整出来又发给我了,呵呵,小猢狲才六岁,是个人才。我呢,虽然是知道了真相,但是呢,我来也来了,再走,岂不是更丢了尊严,小马,你说呢?

马尚简直了,目瞪口呆。

不管马尚怎么惊愕,事情总算是过去了,他的嫌疑解除了,心里轻松了,接下来的牌局,发生了根本性的逆转,气得前老大连连说,失误失误,就不该告诉你真相。

马尚以为没事了,不料过一天上班,主任就让他到老大办公室去,进去的时候马尚是很坦然的,反正事实已经有了真相,怎么也栽不到他的头上。

进了老大办公室,老大冲他笑了笑,还亲自给他泡了一杯茶,然后老大说,小马啊,别有思想负担啊,钱总邀请函这个事情跟你无关——那个邀请函,是我发给钱总的——哦,事情是这样的,这次我们请到的张部委,和钱总关系好,请他的时候,他就问到钱总了,所以我考虑,虽然钱总二线了,而且你们大家也都不愿意看到他再来,但我的位置不一样啊,我还是得请他来一下哦,可又担心他会端架子,所以我让你们主任想个办法,你们主任,是个人才,想出个"也许",用这个名字给他发了邀请函。我原来呢,只是想请他到一到晚会现场,和部领导见个面而已,没想到他又要名单又要住宿,嘿嘿,但是不管怎么说,这次活动还是十分顺利的,小马,也有你的功劳啊。

马尚听着老大叨叨叨叨,感觉有点晕,这也许还真是个也许,也许还有许多也许呢。走出老大办公室,听到口袋里手机叮咚一声,根据不同的铃声,他知道,这回是手机邮箱来邮件了,打开一看,是一封会议邀请函,是集团的一家合作单位,要搞一个"未来之夜"。

马尚前去异地参加"未来之夜",到了酒店大堂,掏出手机,展示邀请函,会务人员就给他发了房卡。马尚坐电梯上楼,进了房间,看看离晚饭时间还早,就在大床上躺下,刚要迷糊一会,就听到房门"嘀"的一声,门开了,有人进来,朝里一望,看到他躺在床上,这人吓了一跳,说,咦,你是谁,你怎么进来的?

马尚举着房卡给他看。

这人顿时生气了,说,难道现在都安排两人一间了吗?这不是倒退吗?想了想又说,不对呀,这钱都是我们自己掏的,订的就是单间,凭什么——他说着说着,居然气得笑起来了,说,呵呵,还是个大床房,两个大男人合睡一床呵。

马尚说,你是来参加"未来之夜"的吗?

这人说,是呀,这里的活动不就是"未来之夜"吗——但他毕竟也有点疑惑,于是掏出了手机,马尚也凑上去看一眼,顿时傻眼了,发出邀请函的,居然也是一个叫"也许"的人。

马尚顿时头皮发麻,立刻问道,也许是谁?

这人听岔了,点头说,是呀,也许是谁搞错了,你、你也姓马吗?

马尚说是,这人又气得说,这会务组工作也太粗糙了,以为姓马

129

就是同一个人——他气呼呼摔门出去找会务组去了。

　　留下马尚一个人在房间,他心里已然清楚,这个姓马的人,是没有安排房间的,可能类似"吉祥之夜"他前老大的遭遇。而且马尚知道,也许已经升级了,并且大大地拓展了业务,总之,也许已经是一款升级版的新毒了。

变　脸

　　我和我老婆,老夫老妻。

　　有好多夫妻,有了第三代,互相间就不再以名字相称,而是按着孙辈的叫法来称呼对方,我可以喊她奶奶,或者外婆,她则喊我爷爷,外公。好多人家都这样。

　　可惜我们还没有那么老,虽然老夫老妻,但是第三代还没有到来,总不能抢先就喊对方爷爷奶奶吧。

　　既老又不太老,是个尴尬的年代,还像年轻时那样喊名字,甚至是爱称、昵称之类,感觉有点怪异了。回想那时候,总会让人起一身鸡皮疙瘩,明明人家名字有三个字,却只舍得喊出其中的一个,更有甚者连名字中的一个字也舍不得喊,只喊一个"心",或者"小心",或者"肝",呵呵,这个真的有。

　　现在年轻人好像有个什么"么么哒",也不知道啥意思,反正上了年纪的,都不这么喊,别说心呀肝的,连原先好好的名字,喊起来都觉得怪不自然了,干脆就扯着嗓子连名带姓一起喊。但是如果真这么喊,人家又会觉得你们家生分了,像外人了,也不够文明礼貌呀。

所以我们的婚姻生活中有那么一段时间,互相间的称呼有些奇怪,经常没来由地就变了,一会儿喊小名,一会儿是大名,又或者是连名带姓,一会儿又是"喂","哎",总之怎么喊都觉得不顺,拗口。

还好,这样的尴尬时间并不长。

我老婆姓曾,在小区门口的超市做收银员,大家都认得她,喊她曾阿姨,我听到了,觉得曾阿姨这个称呼还不错,就跟着喊,时间一长,她就是曾阿姨,再也不是我当初穷追穷到手的曾优美了。

自从喊上曾阿姨以后,真是顺口多了,一点也不觉得别扭了。

差不多与此同时,曾阿姨也找到了我的新称呼,她喊我艾老师。

我不是做老师的,但是我比较好为人师,喜欢指点江山,什么事情我都能说上一二,还能掰扯得头头是道。

大家都觉得我比较老油条,就喊我艾老师。

曾阿姨立刻跟上大家的口径,喊我艾老师,和我喊她曾阿姨一样,她觉得艾老师这个称呼非常顺口。

于是,在往后的日子里,我们一口一个曾阿姨,一口一个艾老师,和周围所有亲戚朋友同事邻居喊的一样,连我们的子女,也觉得这样好,不再喊爸爸妈妈,改口喊曾阿姨、艾老师。

艾老师,水开了。

曾阿姨,青菜咸了。

真是一个潇洒自在的时代。

后来我们也要与时俱进了,我们要旧房换新房、旧貌变新颜了。

问题是买新房卖旧房的这段时间,我正好要闭门造车,不能到买卖现场去验明正身,可是买卖房子必须夫妻双方都到场,如果一方到不了,就得委托另一方,要有公证处公证过的委托书。

所以我和曾阿姨就到公证处去了。

现在办事都很规范,首先是核对本人和本人身份证。曾阿姨把身份证交过去,由那个核对的机器对着她的身份证照片和她现在的脸一对照,咦,不对呀,只有百分之四十八的匹配度。

工作人员问曾阿姨,是你吗?

曾阿姨说,当然是我。

工作人员用肉眼看看照片,再看看曾阿姨的脸,感觉还是蛮像的,把曾阿姨的头稍作调整,再试一次,好了,曾阿姨可以了,她的匹配度达到了百分之五十三,涉险过关。

我嘲笑曾阿姨,我说,你是不是瞒着我们整过容了,把自己整剩下百分之五十三了。

曾阿姨不服,说,你别笑话我,你先看看你自己吧——

真是乌鸦嘴。

我的匹配度是多少,你们猜得着吗?说出来你别笑哦。

百分之十三。

曾阿姨笑了,笑得肚子疼,说,喔哟哟,喔哟哟,你没有整容,你是毁容了,毁得只剩下十三了,十三点啊。

我一向自认长得还可以,而且并不见老,我对工作人员说,你们这东西,是山寨货。

工作人员说,不可能,我们是正规渠道进的货,不可能山寨。

我反驳说,那你们的意思,你不山寨,我山寨啰?

工作人员并不和我多嘴,他们见多识广,每天要面对许许多多匹配度不够的人,他们已经懒得解释,只是说,你确定身份证上的照片是你本人?

我油嘴滑舌,说,不是我,难道是曾阿姨的前夫?可惜她没有前夫,我们是原配。

工作人员说,再试。

于是再试,这回提高了一点,达到了百分之二十一。只是离百分之五十那个数,还差得很远呢。

再试。

还是不行。

工作人员好像也对机器失去信心,开始用肉眼观察了,他看看我,又看我的身份证照片,说,确实不像。你看看你的头发,照片上是小包头,现在倒有了刘海,你也是奇怪的,人家都是年轻时留刘海,老了才梳得精光——

当然,我知道他不是对我的刘海感兴趣,他是为了工作,所以最后他说,你这样,你把头发按照这照片上的搞一下,再试试。

我憋住笑,把挂在眼前的头发推上去,用手按住,我说,现在包头了,可以了吗?

还是不行。

曾阿姨在一边笑得花枝乱颤。虽已明日黄花,笑功却是大增。

工作人员再又看我的脸,再拿身份证照片比对,研究了半天,又出招了,说,身份证照片你的姿势是这样的,你现在做个这样的姿势再试试。

我做了个骄傲的小公鸡的姿势,挺胸,昂头,下巴往上抬,把曾阿姨笑得眼泪鼻涕都挂下来了。

我一边做姿势,一边问,匹了吧,匹了吧?

还是不匹。

工作人员拿我没办法了,他又不能赶我出去,他们的工作态度,真是好到没话说,我老是不匹配,我都觉得对不住他们。

这个工作人员本来以为他自己能搞定,现在搞不定,他又去叫来另一个工作人员,他们互相使了个眼色,就对曾阿姨说,阿姨,能不能请你先回避一下?

曾阿姨早已经笑得没有了原则,好的好的哦哈哈哈哈。她一边笑一边走到工作人员指定的另一间屋子里去回避了。

这边两个工作人员围着我,态度依然很和蔼,但是我分明感觉出他们要搞我了,我似乎有点心虚。

我心虚什么呢?

难道我真的不是我?

难说哦。

工作人员问我的第一个问题,你夫人叫什么名字?

我"啊哈"一声笑喷出来了。我想不到自己居然也像曾阿姨一样,笑点变得这么低这么浅,好贱哦。

我笑,工作人员并不笑,他们很认真,他们又语气严正地说了一遍,请你说出你夫人的名字。

他们很认真。何况他们是为我的事情在认真,我怎么好意思再跟他们搞笑,可是,他们问出这样的问题,当我二五还是三八呢,我老婆的名字不就在我的嘴边吗,所以我当然脱口而出:我老婆曾阿姨。

工作人员疑惑地皱着眉,又重新看了一眼曾阿姨的身份证,立刻指出,你再想想,你确定你夫人叫这个名字吗?

我顿时反应过来了,一反应过来,我又忍俊不禁了,我又笑了,啊哈哈,啊哈哈,笑煞人了,曾阿姨。

工作人员也反应过来"曾阿姨"是什么,肯定不是我老婆的名字叫"阿姨",他们认真地对我说,别开玩笑了,你夫人的正式名字到底叫什么?他扬了扬我老婆的身份证,并不给我看,只是说,你夫人,身份证上的名字?

我一张嘴,我肯定应该脱口而出的,可是曾阿姨的名字到了我嘴边,却消失了,我怎么也想不起来了,满脑子里只有"曾阿姨"。

工作人员的态度开始起变化了,我心想,坏了坏了,我连自己老婆的名字都说不出来,我还会是我吗?

我感觉这样下去肯定会出问题的,所以我也认了真,我认真地赶紧地想呀想呀,哈,终于让我给想起来了,曾优美。

工作人员也不说对还是错。他们换了一个问题,那你岳父呢,你岳父叫什么名字？

我被难住了。

老家伙的脸一直在我眼前晃动，可我怎么就想不起他的名字了呢，想了半天，灵感突然而至，我激动地说，我想起来了，他姓曾！

曾什么？

曾什么我实在想不起来了。

因为当年我们的孩子一出生，他的名字就是"外公"，这"外公"都叫了二十多年，哪里还记得他的原名、真名。

现在，工作人员觉得他们已经基本判断出来了，从他们的眼神中，我看出了他们对我的鄙视和怀疑。

我很心虚，我感觉自己是个第三者。

甚至，是个骗子。

为了排除我的这种不祥的感觉，我和工作人员据理力争，我说，你们用脚指头想想就知道，我如果不是曾阿姨的男人，我敢如此明目张胆地过来冒充吗？

我自己都想好了该怎么反驳我。

冒充一个男人算什么，有人冒充乾隆还得逞了呢。

呵呵。

现在这社会，真是五彩缤纷。

工作人员才不和我一般见识，他们都懒得和我辩论，他们已经无话可说了，因为，这事情进行不下去了。

我不是我，我怎么能委托别人替不是我的我办事呢？

曾阿姨已经从回避处放了出来,她知道我无论如何也无法匹配成功,她又想笑,工作人员阻止了她,严肃地对她说,阿姨,你别笑了,你难道不需要反省一下吗?

曾阿姨文化知识不够,听不太懂,说,反省?什么反省?

我是老师,我懂,我说,他们的意思,你生活作风有问题。

曾阿姨又要笑了,看起来她是要把几十年憋着的笑,统统干掉,她笑着说,你们的意思,艾老师不是艾老师,而是……而是我的,是我的,呵呵,是我的——

她还不好意思说出口呢,到底是老派人物,脸皮要紧,我替她说吧,我是你的第三者。

工作人员也笑了笑,说,我们没这么说啊。

我跟他们计较道,你们嘴上虽然没有这么说,但是你们明摆着不相信我是艾老师。

他们仍然态度和蔼,说,不是我不相信你,是机器不相信你。

我赶紧说,既然你们是相信我的,那委托书是你们办的,又不是机器办的,你们就办了吧。

他们立刻重新严肃起来,斩钉截铁地说,那不行,匹配不上,是绝对不可以办的。

我说,你们怎么这么死板,一点也不人性化,你们明明看出来我们是原配,就不能灵活一点?

工作人员耐心地告诉我,不是我们死板,是机器死板,我们是很人性化的,但是就算我们愿意帮你办,机器也不同意,你匹配度不达百分之五十,下面所有的程序操作,我们是搞不定的,全是机器搞定的。

我喷他们说,那要你们干什么呢?

工作人员说,因为现在机器还不会和你对话,所以还需要我们和你对话,告诉你为什么你不是你,告诉你为什么不能为你办理手续,以后等机器升级了,它会和你对话了,我们就不存在了。

就这样七扯八扯,磨了半天,还不行,我真有点毛躁了,我说,事情都是你们搞出来的,拍身份证照片也是你们搞的,现在你们说我不是我也是你们搞的。

工作人员并不因为我的态度不好而改变他们的态度,他们仍然和和气气地说,身份证照片不是我们搞的。

我简直无路可走了,我说,你的意思,我要想恢复我就是我,得从身份证的源头上去纠正,那就是要重新拍身份证照片,重办身份证?

工作人员说,这个我们不好说,也不好胡乱建议,这个事情不归我们管,我们只管匹配的事情,只要匹配上了,我们就给你办委托公证。

尽管他们语气平和,我的火气却终于冒起来了,我说,他娘的,老子不匹了,老子不干了。

曾阿姨又不明白了,她着急说,你什么意思,老子不干了,是什么意思,不买房了?

工作人员大概怕我和曾阿姨吵起来,赶紧劝说,别急别急,你们过几天再来试试。

139

我倒奇怪了,我说,难道过几天我就是我了?

工作人员说,以前倒是有过这样的先例,不过我们也不知道什么原因,反正那个人当天没有匹配上,过两天再来,咦,行了。

我说,那我说你们山寨,你们还不承认。

工作人员一点也不生气,还说,如果你觉得我们山寨,你可以去投诉。

我听出点意思来,他们好像在怂恿我投诉呢。

我才不上他们的当,我和曾阿姨回家了,换房子的事,我们等得起,反正也没到人生最关键的时候,说不定迟一点换反而比早一点换更合适呢。

谁知道呢?

反正我不想再去公证处证明我不是我了。

我毅然放弃换房子,也就不用证明我到底是不是我。可是过了不久,我又碰到事情了,躲也躲不过,换房子的事,可以暂时等一等,忍一忍,可是现在碰到的事情,是不能等、不能忍的。

我的手机被偷了。

手机可是比房子要紧多了,房子你可以今天不买明天买,今年不买明年买,手机你能吗?

当然不能。

手机已经是我们身上的一个最重要的组成部分,一个器官,不可以片刻分离的。所以我的手机刚刚被偷,我就发现了,因为它在我身上,是有温度、有脉动的,一失踪我立刻就能发现。我一发现手机没了,顿时浑身瘫软,感觉心脏要停跳了。那还了得。

我以最快的速度到了我家附近的手机营业厅,先挂失,以减少损失,仍然再用老号码办新手机。

你们懂的,问题又来了。

还是需要我的脸和身份证照片匹配。

只有匹配了,才能办理手机业务。

我坐到机器面前,让机器检查我是谁。

你们猜得到。

我仍然不是我。

我没有想到办手机和办公证一样严格,我气得不厚道了,我嘲笑营业员说,喔哟哟,就是办个手机而已,又不是买豪宅,又不是取巨款,你这么顶真有意思吗?

营业员说,不是我要顶真,是程序规定的,你不匹配,就办不了你的手机,现在都是实名制,你不是你身份证上的这个人,就不能办。

我说,你们这种程序,存心是捉弄人啊,你不知道人手机丢了有多着急吗?

她说,我怎么不知道,我比你还着急呢。

我一着急,打电话让我弟弟来帮我解决困难,我弟弟比我横,说不定他有他的办法。

我弟弟迅速赶来,因为电话里我口气比较着急和愤慨,他以为谁欺负我了,见了我就问,人呢,狗日的人呢?一边还抻拳撸臂。

我指了指自己的鼻子说,人在这儿呢,可惜此人已经不是此人了。

等我说明了事由,我弟弟一身的劲没处去了,十分无趣地说,喔哟,就这事啊,无聊,拿我的身份证办就是了。

真是小事一桩。

可惜我弟弟没带身份证。

我们两兄弟面面相觑。

眼看一桩生意要泡汤,营业员也着急呀,她嘀咕说,匹什么配呀,是就是,不是就不是,有什么大不了的,办个手机而已。

原来她是我们一边的。

她的眼光渐渐暗淡下去了,她对我彻底失望了,她的眼睛从我的脸上挪开,挪到我弟弟那儿,就在那一瞬间,她忽然眼神闪亮,精神倍增,大声说,咦,咦,你,是你。

她把我弟弟的脸拉去和我的照片匹配,额的个神,匹配度百分之六十五。

够了够了,超过五十了,可以办了,营业员高兴地喊了起来,来来来,你挑一下手机,你看中哪一款?她喊我弟弟过去,一边显摆各式手机,一边又朝我弟弟看了几眼,说,你自己早一点来就不会这么麻烦了,非要找个人冒充,你看,搞到最后,还是得你自己来,你唬得了人眼,你唬不过鬼眼。

我不在乎她在把我弟弟当成我,反正我可以用我的名字办手机了,现在已经进入数据化时代,不用实名制办手机还真不方便。我只是没想到,我弟弟的脸一出来,竟然就万事大吉了。

其实这事情想想也是奇怪,居然是用了我的名字和我弟弟的脸确认了我的存在。我对这件事表示怀疑,怎么我不是我,我弟弟倒成了我,荒唐。我问我弟弟,为什么你的脸能管我的用?我弟弟诡异一笑,指了指自己的耳朵,又指了指我的耳朵。

我看了看我的身份证照片,两个耳朵确实不太对称,右耳朵大,左耳朵小,小到只能看到一条边,难道刚才匹配拍照的时候,身体摆得有偏差,耳朵和耳朵对不起来了。

我不服的。难道一个人的相貌,是由耳朵决定的?难道只是因为耳朵没有摆对,我就不是我了?我想拿我的耳朵重试,营业员急了,说,不是你,不是你,你别捣乱了好不好,好不容易匹配上了,你再一捣乱,我今天唯一的一单生意也要被你搞掉了。

我弟弟也很配合她,责问我说,你什么意思,你不是要办手机吗,不是要用你的名字办手机吗?现在不是可以办了吗?你还出什么幺蛾子?你还想哪样?

我被他们教育了,想想也对,就不再计较了。我弟弟说得对,只要能办手机,谁的脸和谁的脸,都没所谓啦。

不过我也想到了一些连带的问题,我对我弟弟说,你虽然变成了我,不过你可不要睡到你嫂子的床上去哦。

我弟弟说,切,你以为曾阿姨很有样子呢。

他这是什么话,是不是说,如果曾阿姨有样子,他还真干?

呸。

我和我弟弟离开手机营业厅的时候,营业员在后背欢送我们,她说,慢走啊,艾老师。

我一听她喊我"艾老师",顿时头皮一麻,我回头说,咦,你认得我?

营业员说,我当然认得你,你是艾老师,大名鼎鼎的,这条街上谁不认得你。

我气得说,那你假装不认得我,还为难我?

营业员说,艾老师,我可不敢为难你,但是我认得你是没有用的,系统不认得你,机器不认得你,我就办不了。

她说得真有理。

我办了新手机,号码还是老的,不算太麻烦,至少经济损失不算大,但是原先手机通讯录里存的号码都没有了,这有点费事,好在微信还是在的,我就在朋友圈里发了微信,我说,我的手机被偷了,请朋友们打我电话,或把手机号码发给我,好让我重新拥有手机通讯录。

于是朋友们纷纷来电来信,送号码还顺带安慰,有的还随手发个红包,真是谢谢了,我的手机通讯录重新又满起来了。当然,也有的朋友不认同我的要求,他们认为我在和他们开玩笑,而且是很无聊、很没有创意的玩笑,更有甚者,他们认为发朋友圈的那个人不是我,是一个骗子,盗了我的微信号。他们骂道,该死的骗子,又来这一套。

我还手贱,有事无事就把新手机拿来搞一搞,手一滑,同样的内容就发出去几遍。有一个奇葩,收到我三次求号码的信息,起念想我了。我年轻时曾经追求过她,不过没有和她结婚的想法,只是玩玩的,结果她看到我的微信,跟我说,怎么,好马要吃回头草啦,你现在对我有想法啦。

总之,丢失手机的事情就这么过去了,有惊无险,有麻烦但不算大。

经过了这两件事情,我觉得挺有意思,因为我常常可以对别人说,喂,你们注意了啊,我不是我了。人家说,那你是谁呢?我说,我分别可以是"我只是不知道我是谁,反正肯定不是我",我也可以是"我弟弟",所以大家都可以表示出对我的怀疑,别说我的那些一肚子坏水的同事,我的弟弟,我的子女,最后,甚至连曾阿姨,都话里话外,有意无意地表示出她的猜想。

我记得有一年你出去了好多天,大概有一两个月吧,你回来以后跟换了个人似的。

她这话什么意思,难道我出去后把我杀了,然后另一个我回来了?

我还记得有一次你乡下的表弟到我家来,喊你表叔,我们说他喊错了,他坚持说没有错,你不是他表哥,而是他表叔。

她这话又是什么意思,难道是我隐瞒了辈分和年纪,扮嫩,想干吗?

她又说,还有那天,你连我的名字都忘记了。

我还能说什么。

我只能说,如果我不是我,你岂不已经是二婚了,你太合算了,嘿嘿。

曾阿姨"呸"了我一口。

还好，反正我们早就分床而卧，不存在晚上可以验明正身的可能。

其实我们去委托公证时，曾阿姨还只是觉得好笑，但是随着时间推移，曾阿姨似乎对我越来越不信任，有事无事，她都离我远远的，有时候我偷偷观察她，发现她也一直偷偷地观察我，眼神又凌厉又警觉，看得我浑身一哆嗦，吓出了一身冷汗。

我赶紧去照镜子，还好，我并没有发现自己有多大的变化，我才安逸了一些。

不过你们别以为我安逸下来又要去买卖房子，才不，不是我不想换新房子，因为我又碰到事情了。

我要去银行取钱。

可你们会觉得奇怪，现在不都已经无纸化了吗，支付宝、微信都行，最老土的就是刷银行卡了，难道还有比这更逊的吗？

有呀。我家儿子相亲了，得带上彩礼呀，什么东西你都可以拿手机支付，彩礼你能吗？不能吧。你看到亲家就把手机朝他（她）面前一竖说，你扫我还是我扫你？喊。

还是带上现钱比较靠谱一点。

我带上银行卡和身份证，到了银行，才发现银行变样了，从玻璃门往里看，里边一个人也没有，我以为银行今天休息呢，那门却自动打开了，我走进去一看，确实是没有人，连个保安也没有，我东张西望，感觉十分心虚，好像我是进来干坏事的，忽然看不见保安了，心里还真不踏实。

就在我左顾右盼的时候，面前的一台机器突然说话了，把我吓了一跳，赶紧听它说，欢迎光临。取款请按1，存款请按2，办理挂失请按3，还有什么什么请按45678910。

我心想，我就是取个款，听它那么多干吗，我按了个1，按照机器的指示，我把银行卡塞进去，输入了要取的数额，又输入密码，但等那红色的大票哗啦啦地吐出来，结果机器并没有吐钱出来，它又说话了，信息核对有误，请重新核对信息。

我说，难道我的脸又不行了，可是不对呀，我明明是刷了脸进来的，怎么到了取款机这边，脸又不对了呢？

机器说，请重新核对信息。

我气得说，你个蠢货，什么也不懂。

机器说，请重新核对信息。

我正没有办法对付这蠢货，旁边突然冒出一个人来，他必定也是刷了脸进来的，他站到我的取款机前，脸一伸，钱就哗啦啦地吐出来了，他收起厚厚的一摞钱，也不数，回头朝我笑笑。

我蒙了一会，才发现他取走了我的钱，我赶紧对着取款机大喊，不对不对，是我，是我，你看清楚了，我是我，他取走的是我的钱！

机器说，欢迎下次光临。

我想找人帮忙，可是没有人呀，连个鬼也没有，我急得大喊起来：打劫啦，打劫啦，快来人哪，打劫啦！

曾阿姨推醒了我，一脸瞧不起的样子，说，你也不嫌累得慌，睡个午觉，还做梦，你要打劫谁呢！

147

我一下子清醒过来,吓出了一身冷汗,我拍着胸脯说,还好,还好,是个梦。我把可怕的梦境告诉了曾阿姨,曾阿姨冷笑一声说,恭喜你,你的梦已经实现了。

　　曾阿姨把手机竖到我眼前,我看到一条惊人的标题:巨变!巨变!银行巨变——无人银行正式开业!

谁在我的镜子里

老吴醒来的时候,愣了一会,才发现自己是在地铁上。

一时想不起什么时候上的地铁,是要从哪里坐到哪里,为什么要坐地铁,平时都是开车的,怎么上了地铁呢?

赶紧看看手提包,虽然已经离开了他的手掌,横躺在旁边的座位上,手机从裤兜里滑了出来,跌在屁股边,还好,前面下车的乘客没有把他的手机和提包顺走。

现在他清醒过来了,今天和老婆约了去家装超市看建材看家具,家里换了房,要装修,这是个大事,挺烦人,也挺兴奋,现在比过去方便多了,跑一两趟家装超市,只要不是拖泥带水的性格,装修需要的东西基本都能搞定。

家装超市巨大,建在远郊,到这里来,自己开车不划算,还是地铁快捷方便。

手机铃声响了一下,好几个乘客同时都在查看自己的手机,相同的叮咚声此起彼伏,几乎没有人能够及时而又准确判断这铃声来自于谁的手机,老吴也无法判断,看了一下手机,原来是老婆发来的短信:到哪里了?

地铁正开着,他也不知道到哪里了,问了一下身旁边的乘客,才知道坐过站了,老婆是个急性子,时间观念又特别强,自己从不迟到,也不允许别人迟到,他赶紧打电话过去说明情况,老婆果然不高兴,声音也变得有些异样,说,说话不算数,今天来不及了,改天吧。电话就挂了。

坐到下一站,他下了车,再坐反方向的车,还能怎么样,回去罢。

回去的路上,老王电话来了,可能是因为在地铁上,声音都不如平时那么真切和熟悉,老王说,你人呢,约好下午在你办公室见的,你怎么不在?他想了一下,说,咦,我今天没和你约吧,我今天有事,下午不在办公室,不会和你约的。那头老王的声音因为疑惑而更加失真,今天没约吗,嘿,瞧我这记性——不说了不说了,重新约吧,你什么时候在?他说,明天上午吧。

坐地铁回了单位,晚上因为有业务应酬,搞晚了,回家老婆已经睡了,从她的背影就能看出她梦中也在生着气,他没敢再打扰她。

第二天上午到了办公室,没多久,老张进来了,说,老吴,今天总算没有爽约。他看了看老张,奇怪说,咦,我怎么记得约的是老王。老张不高兴说,怎么?你就有时间见老王没时间见我?老吴说,我不是这个意思,可我明明记得昨天是老王给我打电话约的,难道我的记忆出了问题？老张"哧"一声说，这有什么稀奇，现在记性差的人多的是，我昨天记着要去买提子，结果买回来的是芒果，我老婆更有意思，站在车前，手里拿着车钥匙，却慌了神，说，不好了，不好了，我车钥匙丢了。

老吴仍有些心不在焉，老张说，哎哟，别这么费神啦，我人都来了，都站在你前面了，还非要认定有约无约吗？你这官你这谱真有那么大吗？你真的这么不想见我吗？就算你真不想见我，但昨天下午我打你电话，是和你约定了的，你也不能反悔呀。

老张谈了后就走了，可老吴内心还在想着老王之约，感觉老王还是会来的，但是等了一上午老王也没有来，他也就认同了老张的话，可能记错了罢，现在人的脑子里塞了这么多东西，每天还在继续拼命往里边塞，怎么不混乱，混乱太正常了，不混乱才怪，这么安慰自己，也就释然了。

昨天家装超市没去成，但总得去呀，还得抓紧了去，他们和装修公司签的是半包合同，也就是说，材料自己挑，挑好不用下单购买，回来交给装修公司去进货，装修公司不仅负责进货，他们还有他们自己的渠道，还能再砍价，这样业主又省心又省钱，何乐而不为。

正因为他们要付出的劳动就是这一趟家装超市之旅，所以这一趟既必不可少，又十分重要。

赶紧给老婆发个短信，约定今天下午再去，不过他没再坐地铁，开了车去。

到了家装超市，一等再等，老婆没来，他发短信过去，也没回复，再打电话过去,那边已经是转移呼叫,老婆关机了?几个意思呢,他搞不懂。

晚上回家,虽然老婆大人脸色不好,但他总得问一下下午失约的原因吧,一问之下,老婆说,你什么时候约我下午去了?他说,我给你发了短信,你明明回了的。老婆说,什么鬼?他把手机递给老婆看,说,不是鬼,你看看,你看看,短信还在呢,幸亏我没有删掉。老婆瞄了一眼,上面确实是"老婆"两字,老婆撇了撇嘴说,谁知道你那个"老婆"是哪个老婆,反正我没有收到你短信。

他不知道老婆是开玩笑还是当真的,嘀咕说,事实面前,也不承认。又说,你约我,我迟到,我约你,你不来,正好明天休息,我们俩一起出门去超市,手拉着手,总不会再出差错了吧。老婆呸他说,你左手拉你的右手吧。

终于在休息天夫妻一起去家装超市,一站式服务确实方便,只是他们用大半天时间就要一竿子到底解决几乎所有问题,也确实蛮紧张,其间手机响了几次,有来电,有来信,老吴想看想接,但老婆阻止说,不行,今天任务繁重,谁也不许用手机,你接一个,我发一个,你再发一个,我再接一个,一天忙下来,光顾手机了,还看什么家装材料呀。

老婆的话有道理,老吴完全同意,休息日,想必也不会有什么不得不接不得不回的事情,干脆调到静音,和老婆一起安心看货,这才把任务完成了。

回家的路上,他开车,老婆就忙起来了,她的手机上,内容也不少,先是回电话,接着是回短信发微信,然后欣赏美图视频,老吴心里也惦记自己的手机,手机在他的兜里跃动着,好像那里边包藏着多少宝贝等着他快快打开收获呢,看着老婆津津有味地看着,还笑,还龇牙,还呸,老吴心里早就痒痒的,一直熬到车子开回家,老吴才急急地掏出手机,怎么不是,太多了啦,眼花缭乱。

老吴傻了眼,无论是来电还是来信,有好些显示的姓名,他都不认得,有一个叫唐豆的,另一个叫许正的,等等,老吴挠了挠头,忽然想起以前见过一个说法,说有个二货小说家,在小说中杜撰了一款汉字拆解病毒,把存在通讯录里的人的名字,都拆解了,所以机主就不认得他们了。其实哪里有什么拆解病毒,就是因为存的名字太多,导致记忆衰退罢。

老吴的手机通讯录里,也存了好多个人名,他偶尔拉开来看看,一半以上都想不起来了。所以老吴也没太在意,唐什么也好,许什么也好,谁谁谁也好,既然自己记不得他们了,至少说明这些人和自己的来往早已经不密切了,说不定从前就很少交往,即使存下了名字,也记不住,这很正常。

看一下唐豆的短信,是个段子,无所谓,就回了一个段子给他,算是扯平了。

老吴又看看许正,许正发的是一个饭局之约,老吴回了一个,已另有所约,下次再聚。

但是还有一个人有些离谱了,他告诉老吴,钱小姐已经离开,本来组织个饭局送一送的,但是钱小姐表示不想再见到他,就作罢了。

老吴有些哭笑不得,只好回了个表情。

表情这东西真是太好了。

发明表情这东西真是太好了。不想说话,不能说话,说不了话,或者说得太多了想打住,都可以用表情替代。

表情应有尽有,多到只有你想不到,没有它提供不了。

简直太完美、太中意了。

最后看到一信,没头没脑,说,合同的事已基本搞定,明天见律师。

老吴觉得像骗子,又担心不是骗子,确实有这事的话,也是不可轻易忽视的,就试探说,你发错人了吧。对方也就不再回了。果然离骗子不远。

现在骗子太多,大家都很小心。

所以有时候错了的就让它错了去。宁可错过朋友,不可踩中地雷。

除了微信短信,还有好几个陌生的未接电话,老吴一概不回,有一个电话打了几次,一直到晚上还在打过来,老吴被盯得无法,发短信说,我在开会,不方便接,你有事发短信吧。若是骚扰电话或诈骗电话,必不会再发短信来了,可这个人很执着,真的发信来了,说,这么晚了还在开会?你比我还忙啊?明天上午九点,到我办公室来一下。

老吴哈哈大笑,很有心情跟骗子再打几个回合,所以回短信过去说,过了时的骗局,又拿来用,连与时俱进都不知道,还干这营生?

那边终于不再纠缠了。

总之这个周末,老吴虽然过得稍有些不同,但他并没怎么往心里去,现在因为手机带来的各式各样的事情,每天都能碰到,没人稀罕。

新一周开始,早晨去上班,一进办公室,老板的电话就打到座机上,口气不怎么好,说,让你到我办公室来一次,就这么难?老吴脑袋"哄"的一下,想起被他嘲笑过的那个陌生电话,难道是老板打的,可是他也冤哪,老板换了手机,却不告诉他,让他蒙在鼓里,老吴可不愿意吃下这种不明不白的冤枉官司,赶紧辩解说,老板,您换手机我不知道啊,现在骗子太多——老板打断他说,我什么时候换手机啦,我一直是老手机。

这真奇了怪,为什么显示在自己手机上的是另一个陌生的号码呢,难道真如那个异想天开的小说家所预测,病毒来了?

老吴仍然不敢十分相信老板的话,又试探说,老板,因为,因为,骗子的那个"九点钟到我办公室"的段子实在太著名了——老板又劈头打断他说,难道因为骗子用过一次,从此以后,所有的上司都不能叫下级周一见啦?

老板说得有理,老吴赶紧到老板办公室,他一进去,老板就朝他伸手,说,材料呢,你以为我是想看你这张脸?

老吴一拍脑袋,赶紧回办公室,打开手提包,取出材料,再去交给老板,老板这才稍稍满意,收下材料,朝他挥挥手。

到半上午时,老板电话又来了,问他吃了药没,他就料知是那材料出了问题,果然不等他回嘴,老板又说,你过来。他以为问题大了,电话都不能说,要当面剋了,赶紧提着个小心脏往老板那儿去,老板果然不高兴,盯着他看看,面有疑色,说,你也算是老手了,怎么会有这样的错别字?

一开始老吴以为报告出了重大的差错,确实有点紧张,以为要返工了呢,现在老板只是说是错别字,他立刻放心多了,错别字哪个不会写,人人都有错别字的,很多人还故意写错别字,那是潮,但他不便这么直接跟老板回嘴,谦虚地说,哪字个哪个词错了,我马上改。嘴上是这么说,眼睛却朝老板瞄一瞄,看看老板的脸色,平时老板要作报告,只是拿他写的稿子念,有时候到了会场,稿子才递到老板手里,从来没有事先认真准备的习惯,今天不知老板是怎么了,口气严厉地说,幸亏我事先认真准备,否则就出洋相了,你自己看看吧——把报告扔到老吴面前,老吴拿起来一看,赫然地,是标题错了,难怪老板能够一眼看出来。

应该是"关于公司营销情况的报告",结果变成了"关于公司亏损情况的报告"。老板说得不错,什么都错得,偏偏这两个字错不得,而他其他什么字也不错,偏偏就错这两个字?

老板责问老吴,老吴也是百思不得其解呀,报告明明是他自己亲自起草亲自修改的,怎么会出如此明显的差错,不过好在不是内容要返工,只要将标题上两个错别字订正就行了。

下午老板在公司做报告,会场很安静,没有人说话,都忙在看手机呢。等到散会时,有一个同事面有疑色跟老吴说,今天老板怎么啦?

老吴一时没有理解他的意思,反问说,什么老板怎么啦,老板怎么啦?你怎么啦?

那同事犹豫了一下,说,要开人还是要怎么啦?

老吴仍然没有理解,继续反问说,谁说要开人了,老板说了吗?你怎么会有这种想法,你怎么啦?

那同事赶紧摆正了脸色,说,哦,没怎么。就走开了。

老吴晚上回家,老婆又在看打鬼子的电视,老吴瞄了一眼,感觉画面似乎有所不同,随口说,昨天那个结束了?换一个片子了?老婆说,没结束啊,要打六十集呢,还早呢。他又奇怪说,那你换了台?老婆也奇怪地朝他看看,说,没有换台呀,不还是在打鬼子吗?又白他一眼说,关你什么事,又不是你在看,是我在追着看,内容一直都是连下来的,昨天八路军受了伤,今天就在老百姓家养伤,这不明明是连续着的么,我即使脑残,也还没残到连连续剧怎么连下去都看不懂吧。

他没再回嘴,等老婆不注意,偷偷把《广播电视报》找出来看看,地方台一套播的是《杀鬼子一个不留》,地方台二套播的是《把鬼子杀干净》,确实差不多,老婆说的也不错,反正内容是连贯的,反正打鬼子的过程也都差不多。

他实在想嘲笑一下老婆,可是看到老婆专注的神情,完全被神剧吸引住了,他放弃了嘲笑的想法,坐在自己的电脑面前去,在QQ上和新居装修的项目经理聊了一下,问问情况,经理发了进货的图片给他看,并说,您放心,一切正常。

他确实可以放心,只需在头一次交接的时候,和项目经理一一对接清楚,后面就不用多操心了。有时间的,可以过去看一眼,不看也没事。现在的装修跟过去完全不同了,非常规范,非常专业,都有质量承诺,又有第三方监管,更何况,连个干小工的,也比你内行得多,你一开口,他就跟你说专业术语,搞得你完全觉得自己是只多余的菜鸟。即便是路过,顺道去看看,工人们热火朝天干着,切割机钻孔机嘎嘎嘎地叫着,没人会打招呼,也没有人问你是谁,站一会,受不了噪声和灰尘,赶紧撤吧。

一集电视剧播完等下一集时,老婆过来转转,看到项目经理发来的图片,有些疑惑,说,这款地砖,颜色好像不太一样?又拿手机上的图来比对,确实有些误差,赶紧打电话问项目经理,经理说,我们是完全按照你们提供的型号颜色买的,上传的图片可能会有色差,如果不放心,可以到现场去看,货已经到了。

到下一个休息日他们去了现场,到小区门口时,项目经理已经在等候他们了,一起引着到新家,亲眼看了地砖颜色,确实和原来看中的那一款有差别,问怎么回事,工人肯定是搞不清的,材料有专人负责进货,就找到进材料的专人,他的手机上也有图有真相,但他手机上的那款地砖确实就是现场的那个颜色,难道在转发的过程中,颜色会自动改变?

幸好老婆是个比较大度的人,说,算了吧,反正这一款颜色也不难看,还过得去,只要没有质量问题就行。

工程还没有全面开始,所以他们又认真地看了图纸,发现出其他一些问题,比如淋浴房的喷淋头应该是安装在竖立面的墙上,水喷洒出来的余地比较宽大,结果设计上却改在了横立面上,怎么看也觉得别扭。项目经理是个细致的人,似乎有些沉不住气,一边道歉,一边委屈地对老吴说,竖面的墙上有管线,不太方便安装,即使硬装,装出来就是偏的,我发短信请教过你,你回信说由我们定,我们就这么定了。老吴觉得奇怪,他完全不记得项目经理跟他探讨过淋浴房的事情呀,项目经理赶紧拿出手机,递到他眼前说,你看,短信我还保留着。老吴一看,果然地,上面是姓名"1202 吴",房号和姓都是对的,不就是他么?

既然是经老吴同意的,老婆不好责怪项目经理,自然是要怪罪老吴,老婆说,把装修交给你实在是个错误,下面的事情不要你管了,交给我,我来负责吧。就让项目经理把她的手机记下,说以后碰到任何问题找她就是。

老吴看到项目经理记下了老婆的手机号码,创建新联系人记的是"1202 夫人",老吴无责一身轻,有心情跟老婆开个玩笑说,每幢楼都有 1202 哦,你不要做了别人家的夫人哦。

老婆朝他翻个白眼,就开始履行"负责人"职责,四处查看起来。

倒是这个项目经理,听了老吴说话,似乎是愣在那里了,老吴不知他是哪根筋搭错了,也不知自己哪句话把他的筋搞乱了,就看到他小眼睛眨巴了半天,忽然开口问道,吴老板,你是姓吴吧?老吴奇怪道,咦,你明明知道我姓吴,我们的装修合同,包括你的手机上存着的,不都是我吗,我生下来就姓吴,没有改过姓哦。

项目经理"哦"了一声,又把手机翻出来看看,念道,1202吴,1202吴,没错。似乎放心了,把手机揣进口袋,赶上老吴老婆的脚步,紧随其后。

回家路上老婆开车,可偏偏手机不停地响,一会儿来电,一会儿来信,老吴想替老婆看看有没有急事,老婆却不在乎说,不用看,不是推销,就是骗子。老吴认同这说法,休息日单位和朋友一般都不怎么打扰,唯有骗子最辛苦,没日没夜没休假,于是感叹说,现在骗子太多,傻子都不够用了。

正这么说着,骗子已经到了,老吴一看,简直气得要笑起来了,骗子真是疯了——哦不,不是骗子疯了,是这个世界疯了,骗子才会这么清醒,这么猖狂。

这一回的骗子,很有点城府,是动了脑筋、创了新的,在短信中说,你拿了我的手机,好几天了,难道都没有觉得有差错么?过得很自在么?

老吴碰到骗子,一向很冷静,现在依然是冷静,先研究这条颇有创意的骗术,首先第一步,骗子肯定是想让他回信,如果他回了,骗子下一步会怎么走呢,骗子说老吴这几天使用的是别人的手机,这是什么意思,难不成真会有人相信,然后把手机拱手"还"给骗子,人不能这么蠢吧,如果拱还是不可能的,那什么是可能的呢?骗子的要领,就是抓住人性的薄弱点,贪钱,怕领导,掩饰外遇,等等之类,那么手机有什么软肋呢?

那可多了去了。

心里数着手机的软肋,一二三四五,老吴肋骨都疼起来,心也烦乱起来,那骗子可是个急性子,见老吴没上当,干脆打电话来说,刚才就是我发的短信,你收到没有,为什么不回复?老吴气得说,你这么嚣张,简直都不像骗子啦。那边说,你误会了,我不是骗子,我是你手机的主人。老吴"啊哈"一声说,可是它现在换主人了。电话那头骗子还很执着,还不肯放弃,继续纠缠说,你不相信的话,打开通讯录看看,你认得里边的人名吗?

老吴不知道自己是不是开始着骗子的道儿了,他已经下意识地点开手机通讯录,可看了一眼后,又放心了,怎么不认得,这些人,都是老吴的关系人物和联系对象,"老婆""老板""杨秘""李副总""刘科""杨处""老张""老王""大哥""二弟""小妹""二妹",等等。

当然也有老吴记不得的,这也很正常嘛,谁敢保证存在手机通讯录的那些人脸,个个都历历在目呢。

老吴既然放了心,就干脆再调戏一下骗子,吃吃骗子的豆腐也蛮爽,老吴跟骗子说,你又走错一步棋,你得重新写脚本了,通讯录里的人名,我都认得,这就是我自己的手机。那边骗子真着急了,赶紧说,不可能,不可能,你的手机在我手里呢。

这下子老吴有些吃不准了,把自己手里的手机翻来翻去看了几遍,也没看出这是一部别人的手机呀,手机品牌,手机型号,开锁密码,屏保画面,通讯录里大部分的名字,还有近几天的保留的短信,等等等等,没哪个不是他自己的嘛。

161

老婆在一边看到老吴摆脱不掉这个骗子,问道,你再看看,他打给你用的是什么电话?老吴赶紧将来电显示的电话号码念叨出来,一边念,一边就觉得有怪,老婆听了,也觉得怪怪的,说,咦,这个号码好像是谁的么。

两人同时叽叽咕咕念叨几遍后,又同时大喊起来。

老吴喊,我的天,这是我的手机哎。

老婆喊,我的妈,这是你的手机哎。

他们终于记起了老吴的手机号码了。

一旦记起了老吴的手机号码,顿时让他们吓出一身冷汗来了,怎么老吴的手机号码会给老吴自己的手机打电话呢,难道会有两个相同的号码在同时使用?

比神剧还神吗?

还是旁观者比当事人镇定一点,老婆让老吴往她的手机上打一个试试,老吴从通讯录里调出"老婆"拨打出去,结果,老婆的手机一直没响,老婆阴阳怪气地说,看起来,你这个"老婆"不是我。老吴急着解释,却又不知道怎么解释,这时候那边的"老婆"接通手机了,说,喂,说话呀——老吴愣了愣,反问说,你知道我是谁?那"老婆"哼哼冷笑说,你跟我玩变声?老吴说,你难道听不出我的声音?那"老婆"说,声音算什么,样子都能变,性别都能变,声音就不能变吗——看起来那个"老婆"是认定他了,那是当然,她那边的来电显示就是"老公"两字嘛。老吴哭笑不得,又解说不清,只得挂断电话。

事情至此,老吴才相信了那个"骗子",他们之间真是把手机换错了,但是手机怎么会换错呢,又是在哪里换了的呢?老吴努力回想,终于,他想起了地铁。

就是坐地铁那天,他睡着了,手机从口袋里滚了出来,坐在他旁边的那个人拿着他的手机先下车了。

现在老吴一一回想起来了,不仅手机,还有手提包,还有包里的文件,丢了这些重要的东西,那可真是不得了的大事,可奇怪的是,这一个星期内,并没有发生什么重大的差错,那人提包里的东西,和老吴提包里的东西,实在是大同小异,就算有些小小的差别,也都无关紧要,老吴也不是个十分细心的人,甚至他老板把营销报告做成了亏损报告,老吴也没有听出来,其他大部分人也没有听出来,老吴记得只有一个同事,小小地表示了一下担心,但是被老吴反问了一句,同事立刻知道自己错了,闭嘴走了。

老吴有些惊讶,自己拿着一个陌生人的手机,却没有一点陌生的感觉,靠着另一个手机生活了好几天,日子竟然也一样过,中间也只是有过一些小小的疑惑,比如明明记得约了老王,结果老张来了,可这种事情稀松平常,人人都会碰到,没人会把这样的小差错当回事,没人会顶真的。

第二天他们就换回了手机,日子也还是照常地过,几乎没有人发现老吴的这段遭遇,老吴有一次喝了酒,把事情讲出来,大家听了,也没觉着很稀罕,甚至都很理解,轻描淡写地说,呵呵,现在的手机和手机里的内容几乎是一模一样的。

老吴家的新房子装修好了,工人都撤走了,装修公司等待户主约

163

时间验收,老婆恰好出差了,暂时验收不了,偏巧这天老吴有空,想到新装修房子的新气象,心里痒痒,先上门去看一眼,到了那里,老吴掏了钥匙开门,却怎么也打不开来,再仔细看看,分明就是1202嘛,哪里出差错了呢?

前几次来,因为都有工人在工作,门都是开着的,始终没有用过钥匙,难道是钥匙坏了?老吴赶紧打电话给项目经理,经理赶来了,用他的手里的钥匙开了门,老吴进去巡视一遍,装修工程实在无话可说,挑不出一丝毛病,可老吴心里,总有一种隐隐约约的不踏实的感觉,他下楼的时候,注意了一下楼面上的标号,是17幢,心里顿时一惊,却还有些吃拿不准,回家赶紧拿出购房合同一看,他们购买的是12幢。

老吴顿觉天旋地转,头晕目眩,这错误可是错得太大了,整整装了几个月的新房,最后竟然不是自己的家?项目经理一听说,更慌了,那可是掉饭碗的失误啊,赶紧向公司报告差错,公司安排人手一查,才发现他们公司在同一个小区接了两个"1202吴"的活。

两个1202,分别由两位项目经理负责,赶紧把那个经理也找来,大家一核对,都觉得奇怪,怎么两户装修会犯出同样一个错误呢,老吴和老婆没有发现这个1202不是他们的家,就算他们糊涂马虎吧,可那一家的户主怎么也这么糊涂马虎呢?

一伙人赶紧到另一个1202现场去看个究竟,这个1202,才是老吴真正的家,老吴用自己的钥匙,顺利地开了门,可就在开门的那一瞬间,老吴心里怦怦乱跳,十分慌张,完全不敢想象,这个自己从来没有看到过的新家会是什么样了,会不会让人目瞪口呆,老吴踏进门的时候,先把眼睛一闭,再鼓起勇气一睁。

老吴真的目瞪口呆了。

这怎么就不是他的新家呢,这就是他的新家,这个1202,和那个1202,就是同一个1202,一模一样的装修风格、材料、家具,等等,什么都是一样的,唯一不同就是那款地砖颜色稍有差异,但差异真心不大。

难怪那户1202户主,也犯下了和老吴一样的错误,或者说,根本就没有什么错误,他们的房型完全一样,他们挑选的建材和家具也差不多,开工期间那个1202的户主自然也来现场看过,他们当然看不出有什么问题。

如果一定要说这里边有差错,差错就发生在开始的某一天,某一个项目经理在小区门口迎接户主的时候,问他,您是1202的,您姓吴?姓吴的户主说,我是。

只是现在也已经搞不清,是两个经理中的哪一个先跨出的这一步,要追责的话,两个人得同时被追。虽然两套1202装修得一模一样,但毕竟装修公司是有误在先的,所以他们和老吴谈了判,商定共同将大事化小,小事化了,瞒着老吴老婆和另一个1202户主,公司主动提出赔偿老吴一笔损失,老吴倒有些不好意思,说,都一模一样,其实没有什么损失嘛。可公司说,那是精神损失,一定要赔的。既然人家这么讲信誉,老吴也就不客气地收下了那笔赔偿金,纳入自己的小金库。

老吴老婆回来验收,老吴带着老婆进入12幢,老婆朝不远处的17幢望望,似乎有些不确定,说,不是那一幢吗?老吴把合同随身带着,这会儿拿出来给老婆看,说,你怎么啦,我们买的就是这一幢嘛,12幢嘛。

上楼,开门,进屋,老婆验收,一切满意,超满意,活儿干得实在太漂亮太完美,甚至把搞错颜色的地砖都换回了原来他们看中的那款颜色,真是一家讲究信誉讲究品质的家装公司。

老吴到穿衣镜前再看看镜子的质量,却在镜子里看到了一个和他长得一模一样的人,高矮胖瘦完全一样,戴着的眼镜是一样的,衣服的颜色是一样的,皮鞋是同一款,手里拿着苹果6,腕上戴着欧米茄。

老吴惊慌失措,喊老婆,你快来看,你快来看,镜子里的是谁?

老婆才不会过来看,只是在那一边骂道,神经病,你还指望人家给装一面照妖镜呢。

老吴自嘲地笑了,朝着镜子里的人说,你和我长得真像哎。

角　色

我在火车站工作。

不过我不穿制服,不是那种正式的可以领工资的铁路职工。

每天我都守在车站的出口处,我的眼睛快速扫描刚下火车的乘客,主要针对中老年妇女。

比如我看到一个大妈拿着手机打电话,说,阿妹啊,我到了——哦,哦,我晓得我晓得,你不走开,你朋友来接我,我在这里等,我不走开。

我已经判断出来。

我走上前说,阿姨,我是您女儿的朋友,她有重要会议走不开,让我来接您的。

大妈笑得合不拢嘴,啊呀呀,啊呀呀,我刚刚还在跟我女儿讲呢,原来你已经到了。

我说,是呀,我原来以为我要接一个很老的老太太的,没想到阿姨您还这么年轻。

大妈被我的迷魂汤一灌,更是晕头转向了。我接过她的行李,你们别以为我想抢她的行李,那你们也太小瞧我了,说心里话,我还瞧不上她呢,那里边无非几件换洗衣服,一堆不值钱的土特产。

我背着大妈的行李,一边还搀扶着她老人家,像个孙子似的孝顺,我说,阿姨啊,您这回来,得多住一阵吧?

大妈说,不行哎,我最多只能住一个星期,我老头子在家,离开我他不会过日子的。

我说,哎呀阿姨,您一个星期就要走啊,太匆忙了,那您车票预订了没有,现在票可难买了,不预先订好的话,到时候走不成的。

如我设计的走向,大妈开始有点着急了,说,哎呀,阿妹没有跟我说呀,她大概想多留我几天呀,可是我真的不能多留呀。

我知道时机基本成熟,就说,阿姨,要不这样,我们先到售票处,帮你买好回去的票,这样就定心了。

大妈自然是相信我的,我们一起到售票处,里边人山人海,大妈被挤得站不住,我说,阿姨,您别被挤倒了,您在外面等,我进去找个熟人插插队,一会儿就买到了。

大妈把买车票的钱交给我,我就进售票处了。

当然,你们早就知道,我再也没有出现在大妈面前。

你们觉得我是个骗子?

还是先别急着下结论,往下看吧。

大妈女儿的朋友在车站找了大半天,才找到了她。可是大妈看到真的朋友,不敢相信他了,站着死活不肯动,女儿的朋友急了,给她打电话,女儿在电话里证实了这是个真的,大妈还是不放心,要他把身份证拿出来看看,那个朋友说,阿姨,其实身份证也有假的。

大妈却相信身份证,她看了身份证以后,决定跟他走了,一边懊悔不迭地说,唉,刚才就是忘了看那个人的身份证,被他骗了。

她女儿的朋友安慰她说,阿姨,别懊恼啦,还好损失不算大。

他们说话的时候,我已经物色到了新的目标。

也是一个大妈。

现在大妈真多。

真好。

你们看出来了,你们一定十分的不屑,我的套路很低级,水平很一般。

但是,上钩的却不少。

连我自己也想不通。

我对大妈说,我是您儿子的朋友,他忙,走不开,让我来接您,他和您说了吧?

当然是说好了的。

我技术水平不高,不敢冒太大的险。

大妈说,是的是的,我知道的,我看到你走过来,就猜是你。

大妈真聪明。

我开始套路,阿姨,您这回来看儿子,得多住一阵吧?

大妈说,这回来,我不走了,反正在老家也是一个人,儿子让我往后就跟着他了。

哟,难得有这么个孝子,得成全他。

大妈没有按我的A计划走,不急,我有B计划。我说,阿姨,咱们出站上车吧。

到了车前,司机下车来迎接,也喊了阿姨。你们知道的,这是我助理。至于车是从哪里来的,你们随便想象一下就行。

如你们所料,车开到一半,抛锚了,恰好修车铺旁边有个茶室,我陪大妈去茶室,喝茶聊天,司机去修车,过了一会,司机找来了,说这个车铺太老土,居然不能用支付宝和微信支付,他身上又没带现金。当然,我身上也没有现金。

但是,大妈身上肯定有现金嘛。

不用说,我又得逞了。

如果这一招也没管用,我还有的是办法,比如我曾经让大妈相信,她儿子和儿媳妇吵架了,母亲暂时不能住回家,请朋友帮忙安排了宾馆住下。

陪着眼泪汪汪的大妈,我们一起到宾馆,下面的事情就好办多了。

再比如,我曾经告诉大妈,她儿子不来接她,是因为孙子得重病在医院抢救,儿子怕她担心,没敢告诉她,下午就要手术,现在钱还没凑齐,正在急筹,所以不能来接她了。

毫无疑问,我又能得手。

我实在太缺德。

但是等到大妈见到了安然无恙幸福快乐的儿子和孙子,她就不会记恨我了,她会把我忘了,她会感恩,她会想,哎哟,老天有眼,生活真美好。

可是我呢,我会遭报应的。

混到现在还是个骗子,这不是报应是什么?

有时候如果大妈比较缺少,我在无奈之下,也去物色老头,但是老头大多是死脑筋,死脑筋反而不好对付,比如有个老头不满儿子不来接他,赌气,坚决不跟我走,可我的时间很有限,我可钻的空子,只有那么几分钟,因为真正的儿子或儿子的朋友,很快就会出现,我必须得在这短短的时间内,搞定一切。如果老头固执僵持,我也只能放弃他。

有个老头也挺奇葩,他说,他没有儿子,只有女儿,可我明明听他在电话里喊土根,难道他女儿的名字叫土根。老头狡黠地说,这是我们的暗号,你们外人不懂的。

我至今没有想明白,什么叫暗号土根。

那一次有惊无险,老头只是嘲笑了我,并没有把我扭送到派出所。

其实我也不怕派出所,所以我还有心情去撩他,我说,大伯,既然你知道我冒充了别人来接你,你为啥不揭发我哩?

老头说,我为什么要揭发你,我谢谢你还来不及呢,现在哪有你这样的活雷锋呀,明明不是我儿子,还要冒充我儿子来接我。

我真不知道老头是在讽刺我,还是夸赞我。

今天我又到高铁站,我又接到了一个我喜欢的大妈。

一切都在我的计划中,我们且往前走吧。

这个大妈有所不同,她一见了我,还没等我和她套上近乎,问她买返程票的事情,她就主动告诉我,她要去买好返程票,请我帮帮她。我真是大喜过望。

可是接下来的事情似乎有了点意外的麻烦,因为她紧接着又告诉我,她现在买不了票,她的钱包在火车上被偷了,身份证也没了。

没有身份证是不能买车票的,大妈有点着急。

这是我老混子碰到的新问题,一时间我忽然明白过来,A、B、C、D计划已经不管用了,我得重新调整甚至制订新计划。

大妈见我有点发愣,她笑了笑,说,小伙子,看起来你没摊上过这样的事情,没事的没事的,车上的人已经告诉我了,下车后先去办一张临时身份证。

我立刻感觉机会来了,我说,阿姨,那您在这儿等吧,我替您去办。

大妈奇怪地看着我,愣了一会说,我不去可以吗,好像不可以吧,我的身份证应该要拍我本人的照片呀。

我赶紧圆回来说,阿姨,我见您着急,想去搞一张假的来,那个来得快,真要办一张真的身份证,哪怕是临时的,也很麻烦的。但是我知道错了,我还是陪您亲自去吧。

大妈说,你带我到哪里去?

我说,派出所呀。

派出所比较远,要走好一段路,我相信路上我会有机会的。

可是大妈又笑了,说,小伙子哎,看起来你就是一直坐办公室的那种,不经常到火车站这种地方来吧,你都不知道现在火车站售票大厅那里,有专门办临时证件的窗口吗?

我怎么不知道,火车站有什么是我不知道的,问题是我到那个制证处去的机会太少嘛,我的职业又不是倒卖身份证。我奇怪大妈怎么知道得这么清楚,我得有点警觉心了,我说,阿姨,看起来您是经常坐火车的啦。

大妈说,哪里呀,我这还是头一回来看儿子,是火车上的好心人告诉我的,他们还给我写了一张纸条,我要是搞不清,可以请火车站的好心人帮助我,我说不用的,我儿子会让朋友来帮我的。

大妈不等我问,就把纸条拿出来给我看,哇,写得可真详细。

我说,哟,好心人真是细心,太周到了。

大妈说,是呀,他们说,这样可以防范骗子,他们告诉我,火车站骗子很多的,我说我没事,我儿子会来找我的,呵呵,你果然来了。

我的思路暂时闭塞了,既然人家在纸上都给她写得清清楚楚,大妈也认得字,我应变能力还不够强,不能及时面对新情况,暂时想不出新鲜的谎言,只好带着她到售票大厅。

在大厅的一侧,专门设立了一个办证的窗口,当然,你如果有经验,你就会知道,队伍最长的那个就是。

旅客丢失了身份证明,不能买票、无法坐车,不能自由行动了,可以来这里快速处理,现场拍照,现场解决问题,真是十分方便。当然我并不喜欢这种方便,处处方便了,我们就没有方便了。

至少我的一向以来严格执行的短平快行动计划,受到挫折了。

我伺候着大妈一起过来,一看这里的情形,果然人好多,排着很长的队,都是没了身份的人,又都是着急赶路的人。

我着急呀,那个大妈儿子的真正的朋友,肯定已经到了出口处,他接不到阿姨,肯定会打电话给大妈的儿子,大妈的儿子,立刻会打电话给大妈,两通电话一打,我就现出原形了。

我急着去和前边的人商量,我们要赶车,时间来不及了,能不能让我们先办。

人家说,你们要赶车,我们也要赶车,如果不是要赶车,谁到这里来人挤人,好玩呀?

大妈见我急,跟过来劝我说,小伙子,你别着急,我们就慢慢排队吧。

我说,阿姨,我不急,可是您儿子会急呀,他会怕您给骗子骗了去。

大妈一听,顿时笑了起来,她边笑边说,喔哟哟,笑死我了噻,我被骗子骗去,喔哟哟,我一个老太婆噻,骗子骗我去有什么用噻。

她还在那里噻了噻的,我这里已经心急如焚啦,我紧张地盯着大妈的手机,就怕那个东西响起来。

我急得说,阿姨,您不理解您儿子的心情呀,如果等办到证,再买到返程票,再回去,这么长时间,他肯定会着急的嘛。

大妈想了想说,哦,对了,我知道了。

她拿着手机就给儿子打了电话,这正是我要的结果。

儿啊,我是你娘,你听出来了吧,你放心吧,接我的人已经找到我了,没事的——什么什么,他说没接到我,开什么玩笑,我出来他就接到我了,挺老实的小伙子,你尽管放心。

我从她的话语中判断出一些信息,我顿时紧张起来,那个大妈儿子的真朋友果然已经报信了,我正在考虑我是溜之大吉呢,还是继续观察?

真庆幸我还有机会。因为大妈挂断电话就对我说,哎哟,幸亏你提醒我,我打过去的时候,我儿子正要打我电话呢,你猜怎么,居然有个人,说没接到我,什么人呀,哦,我知道了,骗子,肯定是骗子,他骗我儿子,说没有接到我。

我心里"扑通"一跳,赶紧强作镇定,我说,是呀是呀,是要小心,现在骗子实在太多,无奇不有。

大妈自信地说,骗子再多,不怕,只要我们自己小心,他也得不了逞。

虽然现在我的心安稳一点了,好像已经闯过了一次险关,只是接下来不知还有几多凶险等着我呢,我必须得抓紧,我干的这活,讲究的就是一个"快"字,让人在来不及防备的缝隙中,我就抽身而去了。

现在这位大妈,似乎要跟我打持久战了,那可不行。

我到前面的队伍中,物色可以猎取的对象,我正打算挨个地看看他们的脸蛋,研究分析一下,看看哪个便于上手,结果却发现我被人家盯上了。

这个人死死地盯着我,眼睛一眨不眨,我竟然有点慌张了,难道这个人被我骗过?不对呀,我从来只找中老年妇女下手,他可是个壮年大汉。

看了半天,他忽然一把抓住我,说,兄弟,帮个忙,借我——

天哪,什么世道,借钱都借到骗子头上来了,我正来气,想喷他,那大汉已看懂了我的心思,赶紧说,兄弟,你误会了,我不是向你借钱,我只是想向你借张脸。

借我的脸?这个说法有点创意,我且看他如何意思,我说,你借我的脸,什么用?

大汉说,拍张照,去办临时身份证。

我的警觉性挺高,我说,咋的啦,你是个逃犯,不敢用自己的脸?

大汉嘿嘿说,逃犯,见过逃犯有这么胆大的吗?

我朝他的脸看看,我说,那你觉得我长得和你像吗?

大汉说,不是我,是我一个朋友,要办证,可是一眨眼人不知跑哪儿去了,一会车要开啦,咋办哩,只好借张脸用用,我都物色半天了,都长得不像,差太远了,结果幸好你来了——刚才你走过来,我一看,就你了。

我跟他讨价还价了,你要借我的脸,你知道一张脸值多少吗?

大汉说,我真不知道一张脸值多少,以前也没有借过脸,你开口吧。

我说了一个数,大汉有些犹豫,但是看得出来,他是急于要替他的朋友办证,所以这事情真有希望,我催促他说,成不成,成不成,不成我走啦。大汉说,你别急嘛,我没说不成嘛。

眼看着要做成一笔借脸的生意了,他的朋友却跑来了,气喘吁吁说,哎哟,我找错地方了,我跑到那边去了。

我的生意泡汤了,那大汉朝我抱歉地笑,回头对他朋友说,你看,你再不来,我替你把脸都借好了。

他朋友朝我的脸看看,又摸了摸自己的脸,不服,说,我的脸跟他这样吗,不对吧?

他还不服,我还委屈呢。

他们高高兴兴拍了照去办证了,我也没啥损失,只是空欢喜一场,算了算了,这本来不在我的计划之中,意外之财,向来也不是我追求的目标。

好事情都是努力得来的。

我重新开始努力,我相中了拍照队伍中一个看起来有点小贪的人,给他塞了十块钱,想插他一个队,他说,二十。我又加了十块。

当然,这钱我不能向大妈要,我这算是先投资吧,迟早要从她那儿加倍收回来的。

我们就挪到前面的位子了,大妈一个劲地说,哎哟,还是好人多呀,哎哟,不好意思的啦,人家都有事情的啦。

废话还真多。

现在我们前面只剩下一个拍照的人了,眼看着事情就要解决了,不料前面的这个人,又出幺蛾子了,她已经进了那个小屋,看了看墙

177

上的说明,又退出来了,眼神可怜巴巴地看着我。但是我看她的样子,可不像个文盲,我得小心,别被骗了,我不客气地说,怎么,你不认得字?

她说,我认得字,可是,它要投二十块钱才能拍照,我身上没有。

我说,你既然认得字,你再看看,这下面还有一行字,可以用微信、用支付宝都可以。

她红了脸,说,那个,我都不用的——她看我十分警觉,明摆着不相信她,赶紧又说,我老公不许我用。

我倒奇怪了,为什么?

她说,怕被骗了,我老公说,支付宝里的钱,很容易被人搞掉的。

我挖苦她说,是呀,身上的钱就不容易被人搞掉了。

她没有听出我的意思,仍然求助地看着我。我说,那就是说,你身无分文,真实的钱没有,虚拟的钱也没有,却想买一个你自己,这恐怕有点难。

她说,不是身无分文,我身上有钱,就是没有二十元零钱,你有没有零钱帮我换一下?

在后边听了半天的大妈拉了我一把,提醒我说,小心,别换,别帮她换,谁知道呢。

那女的有点急了,解释说,我不是骗子,我就是急着要办个临时身份证去买票,我没有二十元零钱。

大妈撇了撇嘴说,谁会说自己是骗子呢,上次我在菜场好心帮人家换钱,结果拿到一张假的一百元,我都这么大的教训了,你还不要小心啊？

排在我们身后的旅客等不及了，说，你们快点好不好，你们不换我来换，这样搞下去，我要赶不上火车了。

他果然掏出了零钱，和那个女的兑换了，大妈赶紧提醒他说，你仔细点，你小心点，看看是不是真钞，那人听了大妈的话，仔细地照了照，又捏了捏，嘟哝说，看不出来。

折腾了一番后，终于轮到大妈拍照了，我让大妈进入那个像小盒子一样的小房间，坐下来，面对镜头，点开了"普通话"，里边就说了，请投币二十元。

可是大妈和前面那个女的一样，身上没有零钱，都给小偷偷了，她就眼巴巴地看着我。

我被大妈的眼光一盯，猛地一惊醒，我顿时觉得自己犯傻了，我赶紧问大妈，您身上的钱是不是都被偷了？

大妈拍了拍心口说，没有没有，你放心吧，我钱包里只有几十块钱零钱，还有身份证，大票子都藏在我的大包里呢，小偷以为钱包就是放钱的，其实现在我们都会小心的，都知道怎么对付小偷。

既然如此，我暂时还舍不得放弃她，所以我必须先替她付钱，我代她投币，塞进去两张十元钞。

照片立等可取，大妈还蛮上相的，或者，换个说法，照片和真人拍得还蛮像的。

我们带着新拍的照片，交到窗口里的女民警手里，女民警看了看照片，看了看大妈的脸，点了头，我心头一喜，以为过关了。

可是女民警的声音通过话筒传了出来,她要求我们提供证明材料。

我顿时反应过来了,是呀,一个人拿了自己的照片,就算他的脸和照片是一样的,又能证明什么呢,恐怕什么也证明不了的。

大妈却听不懂,说,你要什么证明?我就是来开证明的呀,我要是有证明,我就不来开证明了。

我虽然知道我们是错的,但我仍然学着大妈的口气说,我们要是有证明材料,就可以证明我们的身份了,我还办什么身份证明。

女民警笑笑说,你如果有证明材料,当然可以证明你的身份,但是你不办临时身份证,你买不了火车票,也上不了火车呀。

她真是很耐心,解释得很细致。

我和大妈面面相觑。

后面的旅客又不耐烦了,说,你们懂不懂啊?不懂就不要排进来耽误别人的时间。

不懂就先弄懂了再来排队。

不懂就在家里待待算了,出来混什么?

还是女民警为人民服务,她笑吟吟地安慰我们,别着急,别着急,如果身边什么证明也没有,你报出你身份证的信息,我们可以通过系统进行比对,对上的,也可以办证。

这个我懂,但是想要让大妈报出她的身份证号码,我估计这事情又黄了。可结果偏偏出乎我意料,大妈还真记住了,我真服了她,我兴奋地说,阿姨,您太牛了,您怎么能背出这么多号码,我年纪轻轻,我记性都不如您。

大妈说,人家跟我说,出门的时候身上东西要藏好,但是藏得再好也可能被偷走的,所以最好还要用脑子记一点东西,那是骗子骗不走的,万一身份证丢了,你赶紧去补办,报出号码就可以,否则被骗子弄去,冒充你到处去骗人,那就麻烦了,现在到处都是骗子呀。

她对着我的脸一口一个骗子,好在我面皮够厚,无动于衷。

大妈先报了自己的名字,然后又十分顺溜地背出了身份证号码,别说是我,就是窗口里那个女民警和身后排队的人,也都十分佩服,啧啧,厉害了我的大妈。

也有人说,作孽,这把年纪,硬背出来的,怕骗子呀。

也有的不以为然说,老太,你以为背出身份证号码就不会碰上骗子了呀。

这时候话筒里发出了"咦咦"的声音,我们赶紧朝里边看,看到女民警又啪啪啪连续输入了几次,似乎都不对,她一边皱着眉头咦咦咦,一边重新输,但始终不匹配,就是大妈的名字后面,没有那样的号码,或者说,那个号码,根本就不是大妈的。

很明显,这大妈有可能根本就不是大妈,或者,这大妈背出来的根本不是她自己的身份证号码,再或者——总之,我知道了大妈的身份不对,我竟然心虚起来,好像不是她的身份出问题,而是我被戳穿了,我提着小心问道,阿姨,您到底怎么回事?

大妈也发愣呀,不过还好,她发了一会愣,忽然一拍大腿,喊了起来,狗日的,狗日的村长。

原来大妈的身份证当初是村长代她去办的,说省得她跑来跑去辛苦,顺带就到镇上帮她办了。

大妈气哼哼地说,我麻烦他了,还觉得怪不好意思,还给了他好处的,他居然也收下了。也不知道狗日的拿了谁的照片报了谁的名字,反正现在看起来,狗日的把我办得不是我了。

大妈的话并没有漏洞,但是大家听了,并不觉得就可以相信她,窗口里那个女民警倒没说什么,后面排队的人不依不饶了,他们又开始七嘴八舌。

说,什么狗日的村长,怎么扯到村长了,不要是个骗子哦。

也有不同意的,说,骗子敢来这里,到警察眼皮底下来要证明,她胆子也太大了。

有人附和,是呀,一个老太太,这把年纪了,还做骗子吗?

有人反对,说,难说的,骗子脸上又没有写字,谁看得出来,跟年纪更没有关系,上次我看到一个新闻,有个老太太,专门拐卖女研究生,成功了好多个。

越说越离谱了,我赶紧打岔说,哎哟,你们扯得太远了。

大家看着我,有人说,小伙子,她是你什么人哪,你真的认得她吗?

我说,是我朋友托我来接的他妈。

大家的脸色顿时就变了,情绪激动起来。

这么说起来,你以前并没有见过她?

这么说起来,只是她告诉你,她是你朋友的妈?

这么说起来,你们接头也没有什么证明证明她就是你要接的人?

他们真能想,想得真多,又说,她有没有让你出钱替她做什么?

我赶紧说,没有没有。

大妈却提醒我说,我拍照的钱是你出的。

大家立刻又警觉了,说,你看看你看看,你还说没出钱,你都一直蒙在鼓里噢。

大妈又说,还有,刚才你塞给人家钱让我插队了,我也看见了。

这就更证实了大家的想法,你还不觉悟啊,你以为这是小钱,不会是骗子的骗术,其实骗子都是一步一步来的,有的骗子,养被骗的人,要养几个月才开始呢。

是呀,总之是先让你相信她,然后就会——

我说,然后会怎样?

大家说,然后肯定是要你买车票,至少几百块哦。

我说,咦,你们怎么知道?

他们说,咦,骗子就是这样骗人的,你看老太太急着要办临时身份证,又是插队,又是骗人,难道不是急着要买车票吗?

我得为大妈正名,如果大妈成了骗子,我还怎么骗她呀,我急呀,我急得就说,她不是骗子,她就是我要接的人。

大家又集中目标攻击我,说,你又没有见过她,你怎么知道她就是她?

说,就凭她自己说她是谁,她连身份证都没有,你就相信呀?

说,哎哟,难怪骗子这么容易得逞,就是因这你这种人,太糊涂,太轻信。

然后他们纷纷给我出主意,教我怎么防范骗子。

大妈也跟着他们一起教我,大妈说,小伙子,我早跟你说了,你见的世面太少,你看人要有眼力,要能看清楚每个人的角色。

大妈这一说,立刻有个人在背后搡了我一下,说,小心小心,这是什么话你听出来没有?

我还真没听出来。

他们说,这就是套路,这就是开始。

小伙子,一看你就是没有社会经验的,你哪能看出来。

什么什么什么。

什么什么什么。

我终于被大家搞晕了。

我差不多已经忘记了我是谁。

我的计划,无论是原计划,还是后备计划,还是重新调整过的计划,统统被我抛到脑后。

更关键的是,我不仅忘记了我是谁,不仅忘记了我的计划,我更忘记了我的计划是有时间性的,本来我只能打个时间差,必须在很短的时间内干成事情,但是我忘记了,我居然跟着大家一起分析判断大妈是不是骗子。

可是,我虽然忘记了,有一个人可决不会忘记,就是大妈的儿子嘛,他很快就会发现问题,也许,他已经在来的路上,也许,他已经到达了。

怎么不是,他来了。

他来了,我就惨了,我应该拔腿就跑,可是我心里不服呀,我冤哪,白白为大妈垫付了几十元,还像孙子似的伺候照顾她半天,难道结果就这样,赔了夫人又折兵?

一个骗子,不这样还想哪样?

就在我要拔腿逃跑的时候,大妈已经冲着儿子喊了起来,儿啊,你怎么来了呢,你不是很忙吗,我没事的,这边大家都在帮助我呢。

那儿子还没来得及开口说话,一个旅客已经脱口而出了,媒子!媒子来了!大家注意看噢,好戏要开场了。

另一个则拍了拍我的肩说,小伙子,你要小心了,一个好人,绝对搞不过两个骗子的。

还有一个眼睛凶的,说,哼哼,她还喊她儿啊,你看得出他们有哪里长得有一点像吗?

来接妈的那儿子,完全听不懂大家在说什么,问他妈,他妈也没听懂,只是指着我对她儿子说,儿啊,这是个好人,他给我垫了钱,你要还他。

那儿子挺大方,掏了两百元大钞,硬塞给我,我当然先要装装样子假意推辞,那儿子说,哎哟,妈,我还担心您被骗子骗了,哪知道您遇上好人了。

硬是把钱塞进我的口袋,我也不便太做作,就任它们安放在那里了。

旅客们纷纷围着我,祝贺说,小伙子,你运气不错,没让骗子骗去,还让骗子损失了。

另一个则说,其实是他们心虚了,如果扭到派出所,那才损失大呢。

又说,是呀,现在用点小钱换个保全,合算的。

他们又七嘴八舌地一致教育我说,小伙子,以后多长个心眼噢。

小伙子,以后不能再轻信别人噢。

小伙子,现在外面这世道,谁也不知道谁噢。

我赶紧谢谢他们的关心。

我内心十分感动,差一点热泪盈眶。

我早已经忘记了我是谁。

后来,我已经无法再到火车站工作了,因为一到火车站,我就不知道我是谁了。

旧事一大堆

老太有个邻居老王,从河南来的。老王的朋友在苏州开古玩店,干得风生水起,苏州民间喜欢收藏的人多,所以古玩店多,生意也好做,他的朋友做了几年,生意很好,后来觉得古玩店不够他玩的了,要转行到房地产上去,就把古玩店转手,问老王愿不愿意来苏州接手。

老王愿意,他就从河南来到苏州,接手了朋友的古玩店。

老王经济上有点实力,可以租住酒店公寓,也可去购买新房,但是既然开的是古玩店,住老宅肯定气息是对的。老王在苏州观察了一通房子的情况,最后就走到老太这里来了。

这是一幢民国时期的老洋房,虽然已经破旧,但是稍作打理,外表看起来还蛮硬朗的。老王喜欢这种既陈旧又硬朗的气息,他一咬牙,买下了这个院子里二楼上三间房。

说是买房,其实也不算是真正的买房,因为他买的是房卡房。说到底,他买的是卡,而不是房,他可以一直住在这个房里,房却不属于他,他还要交一点租金。但是和一般租房不同的是,他多出了一大笔钱,买个心安,除非政府需要,其他没有人可以随时赶他走。

老王就安心地在苏州的老宅里住下了。

苏州和河南都是有宝贝的地方,不同的是,老王老家的宝贝,大多藏在地底下,说河南的农民,随随便便耕一下地,就耕出了秦砖汉瓦,苏州呢,地底下有没有东西、有多少东西,尚不知全,但是地面上的东西已经不少,苏州人随便在街上走走,就走到唐伯虎住的地方,就走到了范仲淹办学的地方,随便踩一踩,可能就是康熙皇帝踩过鹅卵石,随便一抬头,就看到了乾隆皇帝题的匾。

所以老王到苏州接盘古玩店,感觉捡了大漏,不是朋友给的大漏,是苏州大街小巷里都有大漏。于是暗自觉得朋友太过浮躁,转投房地产,呵呵。

老王住的老宅二楼,因为年代久了,中间虽然也大修过,但毕竟陈旧了,哪里哪里都不像新房子那样,地板是重新修整重新油漆过的,颜色挺好,也没有通常老宅地板的那种嘎吱嘎吱的声响,可是老王踩上去时,总觉得空空的,不太着地,不过还好,住了一段时间,也就适应了。

老宅子有蟑螂和老鼠,这也不难,现在灭蟑螂灭老鼠的办法多的是,都没经老王怎么对付,蟑螂老鼠都不见了踪迹,这些东西都是有灵性的,见了外地人,走路说话都和苏州人不一样,身上有股陌生气息,吃不透,不敢恋战,转移战场去了。

旧事一大堆

　　老太有个邻居老王,从河南来的。老王的朋友在苏州开古玩店,干得风生水起,苏州民间喜欢收藏的人多,所以古玩店多,生意也好做,他的朋友做了几年,生意很好,后来觉得古玩店不够他玩的了,要转行到房地产上去,就把古玩店转手,问老王愿不愿意来苏州接手。

　　老王愿意,他就从河南来到苏州,接手了朋友的古玩店。

　　老王经济上有点实力,可以租住酒店公寓,也可去购买新房,但是既然开的是古玩店,住老宅肯定气息是对的。老王在苏州观察了一通房子的情况,最后就走到老太这里来了。

　　这是一幢民国时期的老洋房,虽然已经破旧,但是稍作打理,外表看起来还蛮硬朗的。老王喜欢这种既陈旧又硬朗的气息,他一咬牙,买下了这个院子里二楼上三间房。

　　说是买房,其实也不算是真正的买房,因为他买的是房卡房。说到底，他买的是卡，而不是房，他可以一直住在这个房里，房却不属于他，他还要交一点租金。但是和一般租房不同的是，他多出了一大笔钱，买个心安，除非政府需要，其他没有人可以随时赶他走。

老王就安心地在苏州的老宅里住下了。

苏州和河南都是有宝贝的地方，不同的是，老王老家的宝贝，大多藏在地底下，说河南的农民，随随便便耕一下地，就耕出了秦砖汉瓦，苏州呢，地底下有没有东西、有多少东西，尚不知全，但是地面上的东西已经不少，苏州人随便在街上走走，就走到唐伯虎住的地方，就走到了范仲淹办学的地方，随便踩一踩，可能就是康熙皇帝踩过鹅卵石，随便一抬头，就看到了乾隆皇帝题的匾。

所以老王到苏州接盘古玩店，感觉捡了大漏，不是朋友给的大漏，是苏州大街小巷里都有大漏。于是暗自觉得朋友太过浮躁，转投房地产，呵呵。

老王住的老宅二楼，因为年代久了，中间虽然也大修过，但毕竟陈旧了，哪里哪里都不像新房子那样，地板是重新修整重新油漆过的，颜色挺好，也没有通常老宅地板的那种嘎吱嘎吱的声响，可是老王踩上去时，总觉得空空的，不太着地，不过还好，住了一段时间，也就适应了。

老宅子有蟑螂和老鼠，这也不难，现在灭蟑螂灭老鼠的办法多的是，都没经老王怎么对付，蟑螂老鼠都不见了踪迹，这些东西都是有灵性的，见了外地人，走路说话都和苏州人不一样，身上有股陌生气息，吃不透，不敢恋战，转移战场去了。

但偏偏有一只老老鼠,年纪大了,和老太一样,恋着旧家,不肯离去,夜里出来作老王。那时候老王家属还没有过来,一只老老鼠,也就随它去了,可是后来不久,老王家属迁来了,女人通常都恨老鼠,她就要跟老老鼠过不去了。

白天老王去店里上班,老王家属就在家里对付老老鼠,老王家属捉来一只猫,结果猫被老老鼠吓跑了。这也没什么稀奇,现在有什么东西不是和从前倒着来的呢?

老王家属去买了老鼠药和老鼠夹子,但是老老鼠经验丰富,它才不上当,它和老王家属斗法斗得来了劲,有时候白天也大摇大摆地出来,老王家属就去追它,追到窗角落那里,一脚踩空,一块板翘了起来,地板下面出现了一个大窟窿。

其实不是什么大窟窿,就是地板下有个暗道,望进去黑乎乎的,老王家属心里有些不妥,浑身没来由地打了冷战,好像那只老老鼠会变成一个妖精从暗道里出来,吓得赶紧给老王打电话,把老王叫了回来。

老王一回来,看到老宅里有个暗道,顿时又惊又喜,他先是用手机电筒朝暗道里照了照,看不清,又找来一个大号的电筒,这下看清楚了,老老鼠当然不会在那里等他们,却有一个包袱在里边,好像是用旧床单包的,包袱挺大,他估计自己一个人拖不出来,叫家属和他一起拖,他家属不敢,老王想到下楼去喊邻居老刘,可是刚刚下了两级楼梯,他又返回来了,他觉得这事情不要让更多的外人知道。

可是外人已经来了,住在一楼的老刘,听到楼上有声响,动静还挺大,就上楼来看看,老王想瞒也瞒不住了,就喊老刘来帮助,老刘一边过来,一边不以为然地说,能有什么东西,能有什么东西。

果然不是什么金银财宝,包袱里是一些旧书,还有几本笔记本,老王翻开来看看,是钢笔字,老王心里凉了小半截,又仔细看了看有没有署名,会不会是什么名人的手迹,但是笔记本上除了写的文章内容,没有任何人的名字,老王又再仔细看看文章当中有没有提到什么人,当然是有的,但是没有看到什么有名的人,都是些普通的名字,也不知道是真人,还是虚构出来的人。

老王心里又凉了小半截。

老刘说,我说的吧,没有花头的,你以为拣个大宝贝,呵呵,这房子,进进出出住了多少户人家,轮得到你?

老王有些失落,但他的心还没有凉透,后来他留心观察了一下周边的人,本宅院的和巷子附近的,他琢磨了一下,觉得可以去向老太打听。

老太这么老了,她一定见多识广。

可是他没想到,老太是个怪。

一个人老了,很老了,老了又老,却一直不死,这不是怪吗?

现在这个院子里,只有老太是原住民了,她从貌美如花的新娘子,渐渐成为阿姨,后来是大家叫她好婆,再后来就叫老太。因为很老了,邻居也都换了好多茬了,大家也不再关心她姓啥叫啥,只管叫老太。

她已经住这个宅子里住了许多年,到底有多少年,如果你问老太,老太就说,一百年。

大家知道老太是瞎说的。

或者有人瞎操心,问老太几岁了,老太说,一百岁。

老太又瞎说。

随她吧,反正她已经这么老了,说几岁都无所谓。

或者还有人不识相,又要问了,说,老太,你姓啥?老太说,我姓王。就有人指出,老太瞎说。

老太说,你说瞎说就瞎说。

她还是瞎说。

邻居都是后来、再后来搬进来的,不认得老太,所以刚搬进来的时候,都会问一问老太,也算是人之常情。不过很快他们就闭嘴了,不再问老太的事情了。

老太都这么老了,还会有什么事情呢?

开始的时候,隔三岔五,会有人拎一点营养品或者时令食物来望望老太,邻居就猜一猜,然后问老太,这是你儿子吗,这是你女儿吗,这是你孙子吗,等等之类。

老太说,你说是谁就是谁。

到后来,看望老太的人渐渐地少了,再到后来,越来越少。

老太有话不肯好好说,也不知道她是说不好,还是不想好好说,总之她的每一句,都能把人一下子顶到南墙上。

所以当老王抱着那些本子来问老太的时候,老太就说,我写的。

老王没有信以为真,因为他听得出老太方言中夹着不诚恳的意思,外加老刘还在一边窃笑,老王诚恳地对老太说,老太太,我想这个肯定是从前宅子的主人写的吧,我只是想问问,这个宅子,从前是谁住的。

老太说,我住的。

老王说,您住了多少年?

老太说,一百年。

老王觉得哪里不对,他不知道这个宅子有没有一百年了,他犹豫着又问,老太,那您、您多少岁了?

老太说,一百岁。

老刘又笑了,说,老太,花样经也不晓得翻翻新,老是这一套。

老王因为刚来不久,没有吃过老太这一套,还不知道老太的妖怪,他还蛮顶真的,仔细想了想,算了一下年头,才说,那就是说,您是出生在这个宅子里的?哦,就是房子造好的那一年,你们家搬进来,你出生了。

老刘说,你说书呢。

老太说,一百年。

老王终于领教了老太的一套,打消了从老太这里打探消息的想法,他把这些东西带到自己店里,打算空下来再研究研究。

老王店里有个伙计小金,学历史的大学生,看到老王带了旧书和笔记本堆在桌上,没事的时候就拿来随便翻翻,结果竟然读进去了,他觉得写得很好,差一点拍案叫绝了。

老王说,怎么,这些本子写得有这么好?

小金说,文章很独特,文风都比较随意,没有套路,好像想怎么写就怎么写,有点天马行空的意思。

老王虽然懂一点古玩,但对文章是外行,想不出天马行空的文章是什么意思,就问小金写的什么。

小金告诉老王,写的是从前一家人家有三姐妹,三个姐妹个个才貌出众,而且她们的婚姻也个个门当户对珠联璧合。

老王一激动,脱口说,不会是宋家吧,宋美龄什么的。当然他也知道不可能,自己就笑了起来,知道自己心里的贪念。

小金说,反正,总之,肯定是人物。

小金这样说了,老王心里又起了一点希望和盼头,正好前任店主老许来了,他现在搞房地产了,心里却还是惦记古玩这一块的,这天有空闲过来看看老王和从前属于他的店,老王赶紧把这些本子请他过目。

老许才翻看的时候,老王就性急地说,老许,这些文章很好的,天马行空的,肯定是什么大人物写的,至少也是名人。

老许稍微翻了翻就放开了,说,文章是不错,但是这不稀奇,这种东西,苏州城里打翻的,遍地都是。他见老王似有不服,又说,你想想,苏州城里这样的读书人多的是,写的文章一个比一个赞,要不然怎么会出那么多状元。

老王真是个沉不住气的人,一听老许这话,心里又凉下来。就这样反反复复,凉了热,热了凉。

老王后来渐渐地冷静下来,觉得从文章入手解决不了问题,还是得从宅子入手,虽然老太作怪,不肯好好说话,但好在来日方长,慢慢打听便是了。

可惜好景不长,老王家属不肯住这宅子了,闹着要搬家,她白天一个人在家,老是觉得有人在走地板,吓人倒怪,可是等老王下班回家,晚上却一点也听不到声音。真是出奇。

老王只好考虑换房了,他找到一家连锁的中介公司,这个中介公司做了好多年,越做越大,声誉也很好,老王委托给他们,放心的。

接待老王的是中介小张,小张对这一带的房子,烂熟于心,听到景德巷,脑海里就呈现出一条巷子形状,那里有好些民国时期的建筑,仍旧属于公房,所以不等老王具体说明,他就估计老王卖的是房卡房。

小张先是详细跟老王介绍房卡房买卖的情况,然后他问一问老王,是景德巷几号。

老王说,17号。

小张听到17号,心里似乎有些恍惚,他还追问了一句,是17号吗?

这种多余的废话,不像是小张这样的中介大神问出来的,倒像是个菜鸟。但是小张确实就是重复问了一遍,以便确认这个17号。

老王以为小张不了解17号的情况,赶紧介绍说,里边有个老太,住了很多年了。

小张十分敏锐,立刻追问,什么老太?姓什么?

老王说,不知道姓什么,她一直就是住在17号的,好多年了,她自己说是一百年。

小张愣了愣,说,一百年?她看起来很老了吗?

老王说,老、老,真的很老。

小张说,那她是姓沈吗?

老王从小张的口气中听出点异样,是压抑着的紧张,是期盼中的兴奋,他也跟着紧张和兴奋起来,赶紧问小张,如果是姓沈,怎么样呢?

小张说,如果姓沈,这个17号,就是沈家的啦。

老王心里"噔噔"一跳,沈家是谁家?

小张说,沈家是谁家,嘻嘻,沈家就是沈家,哦,你不是苏州人,苏州沈家你不晓得的,沈家有三个女儿,厉害的。

老王心里又是"噔噔"乱跳一阵,说,三个女儿,都会写文章的吧,都是才貌出众的吧,她们的婚姻,也都是珠联璧合的吧?那,那后来她们呢?

小张说,都是很从前的事,我也不太清楚,据说有一本书,叫《沈家旧事》,就是写他们家三个女儿的,说后来全家迁去了上海——小张见老王把兴趣放在人的身上,觉得他有点走歪,赶紧扭过来说,我的意思,如果17号是沈宅,那你这个房价就那个什么了呵呵。

这其实是老王能够预料到的,可惜的是那个老太太古怪,总是七扯八扯,不正经讲话,无法知道她到底姓不姓沈。

小张不觉为怪,说,老太大概不想让人家晓得呗,沈家,向来是低调的。

后来他们就一起到了老王的家,小张拍了照片和视频,准备挂到网上,这是卖房的规定动作,必要的程序。

从二楼下来的时候,他们在一楼的小天井里碰到了老太,老王对小张说,喏,我说的就是她,老太。一边跟小张介绍,一边就抢上前去问老太,老太,你是姓沈吧,沈老太?

老太说,你说姓啥就姓啥。

老王有点不乐,不过他还是忍耐的,跟一个古怪的老太,生什么气噻,所以他好声好气地说,老太,人总是有姓的,你说对不对?

老太说,赵钱孙李,周吴郑什么——

老王终于不够耐心了,他打断老太,也有点不讲礼貌了,你不要扯那么远,你有那么多姓吗?

老太说,你说有就有。

虽然老王有点沮丧,小张却一点也不,他对老王说,没事,今天我们先不议价,你只管继续打听老太,我也做点功课。

小张回去,先是想办法找到了那本书《沈家旧事》,这本书虽然不是什么畅销书,但也有几个版本,小张搞到的是一个旧版本,心想这种东西,旧的比新的可靠,就兴致勃勃地读了起来。

旧事写的是沈家三个女儿的事情,关于她们的父亲沈白生从安徽迁到苏州,购买了景德巷一幢民国建筑,只有一笔带过,没有写是景德巷几号。

其实不写几号也没事,沈家三女的故事,老苏州几乎没有人不知道,大家都津津乐道,好像自己和沈家沾亲带故的。这是苏州人的特点。为家乡骄傲,为家乡人自豪。而不像有些地方的人,家乡的人,家乡的好,都成为他们嫉妒恨的对象。

只不过那是从前的故事。从前的人知道,现在的人就不一定知道了,比如小张,也是因为他做房屋中介,和这个老城区地段有关,才会知晓一点点,否则的话,以他的年纪,以他的来路,以他的知识结构,他也不会知道沈家旧事的。

所以现在他捧着《沈家旧事》读来读去,想从字里行间探究出沈宅到底是景德巷几号,那个老王来委托的17号,到底是不是沈宅。

结果是无果。

大概从前的人,对于几号几号十分的不在意吧。

或者,那时候,景德巷里就只有他们这一户人家?

小张联络了一个朋友小周,小周是搞婚纱摄影的,现在有很多年轻人喜欢到老街上去拍结婚照。旧物成为新时尚,算是历史的循环反复吧。

所以小张想问问小周了不了解景德巷这条老街巷,进而再问问17号的事情。可是小周说,呀,景德巷我还真不清楚,我们的点没有拓展到那儿。小张说,那你还号称老街路路通呢。小周说,呀,我关注的多是知名老街。

小张听小周这样一说,心里有些凉,但他不会这么快就死心的,又跟小周说,以你的口气,好像你没关注到的,都是不知名的啦。

小周蛮谦虚,说,那倒不一定,苏州的老街小巷实在太多,知名的也很多,我哪可能都关注得到。他停顿了一下,又说,我电视台有个朋友小李，一直在做苏州老宅旧宅的记录，你可以去问问他。

小周推了小李的微信给小张，小张就和电视台小李联系上了。

小张本来是想通过小李了解一下景德巷17号的前世今生，看看在小李的寻访中有没有接触到这个宅子。不料小李一听小张说出"景德巷１７号、沈宅"这几个字，二话没说，带了同事，扛了机器就来了。

小李到景德巷来，并没有告诉小张，这跟小张没关系。但是小李手贱，喜欢晒朋友圈，啥事都要冒个泡。他在去往景德巷的路上，就已经发出来了，无非就是显摆自己寻访名人故居。

小张在朋友圈里看到了，赶紧跟小李私聊，有一点责问的口气。小李回复说，咦，我是拍电视的，你是卖房的，两不相干，难道以后我的工作都要经过你批准？

小张没有回复他，直接就追到景德巷来了。

小张在来的路上，通知了他的同事，让同事把景德巷17号的资料准备好，写上沈宅的内容，等他信息一到，就挂上网。

小李来的时候，老王在店里做生意，老王家属在家，她从二楼探头，看到有人扛着摄像机来了，不知是什么事，有点紧张起来，一边下楼，一边打电话给老王让他赶紧回来。

后来她看到小张来了，认出他是那个中介，才定了点心，说，怎么，上次手机拍的视频不行吗？

小李没有搭理老王家属，他的注意力都集中在老太那儿，因为他一直在做老东西，所以虽然年纪轻轻，却是看到老人家就兴奋，他举着话筒上前就问,老太,您是姓沈吧?

老太说,你说姓沈就姓沈。

小李又说,老太您是沈家的几女儿呢?

老太说,你说几女就几女。

小张已经看出小李的马虎和牵强,心想到关键时刻还是得我上,小张可是做足了功课的,他说,沈家的小女儿是1914年出生的,活着的话,有一百零五岁了,你看老太像吗?

老太也说,你看老太像吗?

小李可不会在一个中介面前服输,他今天虽然来得急,没有做功课,可是他的功课做在平时,肚子里还是有货色的,他说,沈家除了三个女儿,还有好几个儿子,他们家最小的儿子,比三女儿小十五岁,沈家最小的儿媳妇,姓黄,叫黄淑君。

小张心想,这个年纪倒还对得上,于是赶紧问老太,老太,你是姓黄吧?

老太说,你说姓黄就姓黄。

邻居老刘说,哟,原来不是女儿,难怪她屋里挂的年轻时的照片,丑死了,一点气质也没有,原来不是沈家的女儿。

这时候老王回来了,他听到了他们的推理和判断,心里已然明白,赶紧上前跟老太说,老太原来你真的不姓沈,不过你到底还是沈家的人哎。

老王到底是做旧这行的,嗅觉灵敏,他的脑海里,已经呈现出一幅蓝图了,将沈宅重新整合打造,名人故居,如今可是香饽饽哦。

想到这儿,老王毫不犹豫地和小张摊牌说,合同不签了,房子不卖了。

小张心想,明明是我的敏锐和执着,让一个普通的旧宅,成为名人故居,老王却过河拆桥,不地道,所以小张也不客气,说,可是我们已经挂到网上了,如果有人来询问,我们是要守信用、要如实介绍的。

老王说,咦,你不是说暂时不定价,不定价怎么上网呀?

小张说,所以我们写的是价格面议。

但小张还是有经验的,行事也比较稳妥,尽量不刺激老王,所以他又把话说回来,当然,房卡是你的,就算挂出去了,你还是可以自己做主的。这样让老王的情绪先稳定下来。

当天的晚间新闻,播出了小李做的节目,介绍了寻找沈宅的故事,又再一次讲述了沈家三姐妹的经典往事,观众百看不厌,十分欢迎。

电视播出,立刻有了反响,虽然沈宅的归属还没有最后确定,但是性急的人已经赶来看沈宅了,有一位老先生,老眼色眯眯的,说自己是沈氏三姐妹的忠粉。他们就让他去看老太,老先生凑过去看了,说,哎哟哟,到底给我寻着了,我一世人生,就是想看一眼三姐妹的样子,到底给我看着了。

老刘跟他打棚,说,三个你最欢喜哪一个?

老先生说,三个都好的,三个我都喜欢的。

邻居骂了几声老十三,他也没有听见,心满意足地走了。

小周动作也很快,他迅速开辟了新的婚纱拍摄点,还不惜成本,把老宅的外表整理装扮了一番,不仅许多新婚夫妇纷纷前来拍照留念,沾一点沈家姐妹的才气和福气,还吸引了不少文青,到这里来东张西望,说三道四。

小李受到自己的鼓舞,一鼓作气,又连续寻找和拍摄了好几座被时光淹没的名人故居,工作成绩显著,每天都收到许多观众的来信来电,告知哪里哪里有名人故居。

有关部门也来关心了,做了认真的调查核实,史料也都查到了,沈家的小儿子叫沈祖荃,其实也很了不起,只是因为三个姐姐名气太大,他被遮蔽了。

沈祖荃做过苏州平益女师的校长,这所学校曾经走出许多优秀的女性。

不多久后,在17号的门口就竖起了名人故居的牌子,牌子上详细介绍了沈氏家族的情况,最后写道,现在还居住在17号的黄淑君老人,是沈祖荃校长的夫人。

老王一直在做老太、老刘,和一楼另外两家邻居的工作,想让他们把这个院子里的房卡房都转让给他。不过有一点老王很清楚,即便说服了他们,这种私下里转让房卡的事情,麻烦甚多,还是要由中介出面,因为他们专业。专业才能搞定。

所以现在老王和小张是齐心协力的。

原来在这个地段工作的一个老警察,退休好多年了,也不再到从前的辖区转悠了。有一天看电视,看到电视在播景德巷,那是他曾经工作过的地方,十分留恋和怀念,就继续看下去,才发现介绍的是17

号,老太叫黄淑君。

老警察就奇怪了,说,咦,老太明明姓胡嘛。

老警察的小辈向来嫌他多事,十分不屑地说,姓胡还是姓啥,关你啥事呢?

老警察答非所问、固执地说,老太也不是个东西,就任凭他们胡说?又自己和自己来气地说,那个地段的居民,就没有我不知道的。

隔一天,老警察看天气好,就去了他工作过的那个地段,虽然有时间没来了,但仍然感觉到亲切,甚至比从前更亲切了,有些居民,他依稀还记得他们,他想和他们打打招呼,可惜他们都不记得他了。

老警察到了17号,看到老太,老警察说,胡老太,你明明姓胡嘛。

老太说,你说姓胡就姓胡。

老警察立在门口看牌子上的内容,越看越糊涂,挠着头皮说,沈祖荃是谁?

老太说,你说是谁就是谁。

老警察说,那上面说是你的男人——可是你男人我记得的,我查过你们的户口,他明明叫沈维新,咦咦,不对呀,他不是祖字辈,是维字辈,比祖字辈小一辈——老警察说着说着,渐渐清醒过来了,一清醒过来,他就忍不住笑了起来,他越笑越过分,笑得控制不住了。

老刘和一楼的几个邻居也跟着他笑。

老王家属在二楼听到楼下的声音,她探头朝下面看看,也不知道他们笑的什么。

老太不笑,她只是麻木不仁地看着他们笑。她不觉得有什么好笑的。

老警察笑得捂住了肚子,哎哟哎哟地说,哎哟,我知道了,哎哟,胡老太,笑死人了,这牌子上写的,你嫁给了你男人家的叔叔呗,哦哈哈哈哈——

老太说,你说叔叔就叔叔。

老警察继续笑说,不是我说的,是牌子上说的,哦,对了,我只记得你姓胡,叫个胡什么来着?

老太说,你说叫什么就叫什么。

旁边老刘插嘴说,我知道,她叫胡梨婧。

狐狸精?在二楼探头的老王家属一脱口也笑出了声。

院子里的说话声和笑声,惊动了路过这里的一个社区干部。她是后来才来这个地段工作的,不认得老警察,但她认得这院子里的居民,她已经在门口站了一会,见大家一直在纠缠老太,她就走进来了,说,你们又在逗老太玩?她有点打抱不平的意思,对老刘说,老刘,老太早就得老年痴呆了,别人不知道,你还不知道,你也跟着瞎起哄。

老刘说,孙主任,你冤枉我了,我没有逗她,是他们这些人,老是要问她姓什么,多少岁,到底是谁,怎么怎么,烦不烦呀,这么老了,姓什么有意思吗?

老王家属忍不住在二楼上插话说,怎么没有意思,意思大了!

社区干部没有听懂老王家属的意思,也没有怎么在意,倒是老警察看到社区干部,特别高兴,上前攀亲说,小同志,你是景德社区的吧,我从前是这边派出所的,只不过啊,你这么年轻,我退休的时候,你恐怕还没有生出来呢吧。

社区干部说,哦哟,前辈前辈,有眼不识泰山。

老警察说,我记得老太是姓胡,没记错吧?

社区干部说,前辈是不是年纪大了,记性不行了?老太不姓胡,而且,你说她丈夫叫沈维新,也不对呀,老太没有结过婚,她一直是一个人——

老王家属着急了。她本来是急着要搬出去的,因为听说了名人老宅,她不想搬了。奇怪的是,她不再说听见有人走地板了,也许是仍然听见,只是她不说而已。

她一直在观察他们这些人,他们一直在翻来倒去,轻轻飘飘,随随便便,到现在连老太到底姓什么都说不准,而且他们中间好像也根本没有谁想要把事情说准了,都只是没心没肺地说说笑笑而已,这怎么能够确定老太到底是什么人呢?所以老王家属就在楼上勾着头往下说,你们怎么乱来的,老太姓什么,是随便说说的吗?

老太说,随便的。

大家哄笑起来。

老刘对社区干部说,你看哦,不是我们逗她,是她在逗我们哦。

老警察有些不服,说,老太不姓胡?难道我真的记错了,那她到底姓什么呢?

社区干部说,好像是姓沈吧。

老太也说,好像是姓沈吧。

老刘说,咦,怎么又转回来了?不对不对,沈家的女儿,个个都嫁了好人家,可是你刚才又说她没结过婚,是一个孤老。

稍稍一想,又说,还是不对呀,如果她姓沈,你们竖的那个牌子上写的什么呢,岂不是姐姐嫁给了弟弟?

什么什么什么。

老王家属听出了问题,急了,赶紧给老王打电话,结果老王电话是暂时无法接通。

此时此刻,老王正和一些人一起往南边的大山里去,因为有风声传来,说在山里发现了整套的明代黄花梨家具,到了那儿一看,整套的家具已经出土,老王瞄了一眼就转身了,有人跟着他问,是不是看出什么问题了,老王说,不是看出什么问题,是没有什么问题,它的腐化处理真的很棒,十分逼真,可惜是逼真,不是真。

人家问老王怎么瞄一下就知道是埋地雷,为什么他们不能一眼看穿,老王说,你看过多少件真海黄,有五百件吗?等你看过五百件以上的真海黄,你就知道了。

他们都崇拜地看着老王,感觉老王有一肚子的真海黄。其实老王也没有看到过多少件真海黄,他甚至都不能保证,他以前看到过的几件真海黄到底是不是真的。

所以老王与其说是来看真海黄的,还不如说是来看假海黄的,真的看不到,就多看些假的,也是一种学习。

他们一路返回,虽然没有如愿以偿地买到真海黄,但至少没有上当受骗,所以兴致还是很高的,他们一起探讨了现在收藏界的许多是是非非,老王很有经验地说,任何物件,无论大小,都能造假,不像宅

205

子那样的东西,作不了假,它一直就真真实实地站在那里,如果有人推倒了重建,是不可能瞒天过海的,对吧?

这时候同行里有个人说,宅子也不一定哦,我有个朋友老许,从前也是同行,后来去做房地产,他说他有个朋友姓王,跟老王你同姓哦,住了个民国老宅,就非说是沈氏旧宅,想拿下来打造,不知后来有没有做成,要是真拿了,那也许真就呵呵了。

这时候老王的手机响了,一看是家属打来的,但是山里信号不好,只听到家属喂喂喂,家属那边也只听得见老王喂喂喂,其他什么也听不见。

我在小区遇见谁

我在一家代理公司上班。

当初我老板决定录用我的时候,我立刻就向我父母大人报喜。在我家乡那小地方,儿子在大城市的公司上班,足够他们满足好一阵子的。

关于我们公司的业务,用我老板的话说,就是为人民服务。事实就是如此,只要人民有人民币,人民让我们干什么我们就什么都干。当然,我老板也是有素质的人,违法的事他不干。我也不干。

其实最早时我老板是搞家政服务的,后来业务渐渐拓展,公司渐渐壮大,从老板一个人,发展到连老板四个人。我们所接的单子,一部分是网上订单,一部分是委托人看到我们的业务广告后找上门来填单委托的。

这里边的情况并不复杂,也不离奇,视具体情况分类而定。比如像找保姆之类,一般都是上门来的,又以家庭主妇为多。开始的几年,雇主对我们提供的保姆评头品足,挑肥拣瘦,十分不满,但是很快事情发生了逆转,现在轮到保姆挑剔雇主,小孩我不看的,内裤我不洗的,高楼的窗户我不擦的,买菜你们自己买,免得怀疑我落菜钱,什么什么什么都要你们自己搞定。

雇主们可怜巴巴点头称是,似乎只要保姆能跟她回去,供她个祖宗也愿意。

至于像代送鲜花那样的单子,一般在网上就能确认,不一定要眼见为实的,何况现在眼见的也不一定就为实。只要用支付宝把人民币支付到我老板的银行卡上,我们就替他把事办了。

有一天我老板照例在 QQ 上兜揽生意,忽然有人提问说,你们能代理看望一下老人吗？我老板灵光顿时闪现,立刻回复说,只有你想不出的,没有我们代理不了的。

就这么简单,我公司开辟了一项新的业务。

现在我手里的这单活,就是去代看老人。不过单子不是我本人接的,我接到的已经是我公司自己制定印刷的十分规范的访问单,上面有委托人的姓名、电话、地址,当然更重要的是被看望人的姓名、电话、地址。等我完成了看望任务,被看望者在访问单上签上名字表示认同,至此我的任务完成。

说心里话,接到这单活的时候,我自然而然地想起我的父亲母亲,我也有一段时间没和他们联系了,但是千万别以为我会动一点恻隐之心,千万别以为我会赶回家去看望他们,或者也让别的代理公司代我去看望他们。

决不。

我父亲是小镇上的小学老师,我母亲是小镇医院的护士,他们退休以后的工作,就是一起关心除了我的内心想法以外的所有关于我的一切。

最后一次和他们通电话大约是两个月前,或者是一年前,也或者是其他什么时间,反正内容都是一样的,时间就显得不重要了,他们威胁我说,如果我再不能踏踏实实地稳定下来,还在槽里槽外跳来跳去,如果我再不认真确定一个对象,还在婚姻的菜场里挑来挑去,他们就要搬来我所在这所城市来指导我、监督我。我说,爱情曾经来过,徒留一地悲伤,父母如果再来,只剩数根肋骨。他们立刻服软了,低三下四哀求我说,你明明知道我们来不了,大城市的生活我们不能适应,生活成本那么高,我们还要省下钱来供你买房结婚生子。

和天下许多成年未婚子女一样,他们不来纠缠我,已是上上大吉,难道我还会送上门去引颈受戮,我有那么贱吗?

我还是赶紧代表客户去看望他家的老人吧。

我先看了看单子上的情况介绍,这才发现,委托人没有名,只有姓,姓王,王先生,委托我们去看望的人,也一样,姓王,王先生。也就是说,王先生委托我们去看望他的老子王先生,没有什么离奇的,有姓没名,无所谓,王先生和王五王六并没有什么大的差别,只要他能够为自己的委托买单,他叫王什么都一样。

我按图索骥,很快找到了单子上填写的地址,是一个年代已经很久远的住宅小区，估计是在20世纪的什么年代造起来的，那时候大概还没有我呢吧。不过我进了小区后，发现这里边地盘倒是蛮大的，不是一眼就能望穿的，我认真看了下具体的位置，又认真看了看小区楼与楼之间的排列，觉得有点凌乱，一时竟没有琢磨出我要去的楼应该朝哪个方向迈步，看到路旁有位大妈正朝我打量，我赶紧向她求助，她看了看我，先没有回答我的问题，先跟我说，我眼尖，一般进小区来的，没有我看不出来的，可到了你这儿，我眼拙了，你是做什么工作的，我倒看不出来了，不是快递，也不是抄表的，更不是送水的。

　　我有那么落魄吗？我赶紧告诉她，我是代理公司的，我受人委托来看望老人——她一听，随即过来扯住了我的手臂，激动地说，哎呀呀，巧了，巧了，就是我，就是我，是我女儿委托你来看我的。见我发愣，她又补充说，我女儿昨天已经给我打过电话，告诉我你们今天要来。我疑惑地说，你能确定是你女儿，不是你儿子吗？大妈说，是我女儿，我没有儿子。我拿出访问单又看了看，我说，可是委托我们的是一位先生呀。那大妈说，可能是你们搞错了，确实是我女儿委托的，也可能，是我女儿又请别人代理委托的，那人可能是个先生吧。大妈这么通达大度，把可能的责任先引到自己身上，我也就检讨说，也可能是我同事把你女儿的性别搞错了。大妈点头称是。

　　既然如此巧遇，我也就不客气了，在大妈的引导下，到她家去。踏进她家门的时候，我暗自思忖，大妈真没有警惕性，她怎么不担心引狼入室。我不知道是人老了会丧失警惕性，还是这位大妈天生就没有警惕性，现在社会这么乱，入门抢劫甚至杀人灭口的事情天天有报道,老太太难道不看新闻吗?

　　大妈热情地邀我坐下,一边给我泡茶水,一边对我说,我女儿,她还是那样忙,她身体怎么样?我哪里知道她女儿身体怎么样,但我肯定会捡好的说,捡让她放心安心的说,我吧啦吧啦说了一堆,也不知道我描述得对不对,是不是符合她女儿的情况,开始我对自己的无中生有还有点儿忐忑,但大妈开心而满足的表情,让我放大了胆,越说越离谱了,我甚至说到,她女儿是因出国才不能来看望她的。这时候大妈才"咦"了一声,我立刻意识到豁边了,正欲弥补,大妈却替我圆了场,她说,这么说起来,她昨天给我打的是越洋电话哦。既然她老人家信任我,我也就不客气了,继续往肉麻里说,那是那是,你女儿孝顺哪,到了国外还给您打电话,那可是国际长途,电话费很贵的。大妈又点头称是。终于将女儿的情况说够了,大妈转换注意力了,她开始仔仔细细地打量我,我被她看得有点发毛,我说,大妈,我长得耐看。

　　大妈看过我以后,就开始问我话了,你结婚了吗?我说没有。大妈又问,你多大了,我说多大了。又问,你工作稳定吗,我说稳定。又问父母是干什么的,我说是干什么的。还有一大堆的问题,我有的如实回答,有的谎骗她,但总的来说,我说什么,大妈信什么,最后她说,奇怪了,你这么好的条件,怎么还没有结婚呢,和我女儿一样,方方面面条件都好,就是不找对象——我想不通,你们两个,见了面也没感觉吗?

　　我晕。

居然看见一个素不相识的男人,就想给女儿拉郎配,真是不知道外面的世界多精彩。比起我妈也毫不逊色哈。

我得打断她的不切实际的妄想,我提醒她说,大妈,我不是你女儿的同事,我没见过你女儿,我是代理公司的,是你女儿委托我们来看望你,我们公司有这项业务,收费的。

听说女儿出钱请人看望她,大妈更加感动,说,你看看,我女儿就这么孝顺,自己没有时间,同事朋友都忙,她宁可出钱也要来安慰我。

我的任务很顺利,眼看着就要圆满完成,只剩下最后一个环节,请被看望者签字,可是我的手伸进口袋时我突然愣住了,才想起,别说委托人从王先生换成了王女士,被看望的老人,也一样从先生换成了女士,我正有些疑惑,只见大妈眼巴巴地盯着我问,你下回什么时候来看我?我说,那要看你女儿什么时候再来委托我们。

大妈的眼神立刻暗淡下去,说,你不会再来了。我问为什么,大妈说,其实,我没有女儿。

我又晕了一次。

她既没有儿子,也没有女儿,她是闲得蛋疼拿我寻开心呢,我不能对大妈爆粗口,我可以忍气吞声,但我不能死得不明不白,我说,算我瞎了眼,走错了门,看错了人,可我就不明白了,你既然没有女儿,刚才硬要拉我当你女婿的是什么意思呢?大妈说,嘿,我是看电视看的,电视里天天演妈妈逼女儿找对象,我没当过妈,我没有体会,今天我终于体会到了。我戗她说,大妈,你可不像没有孩子的人,你和我妈一个德行。大妈高兴地说,是吗是吗,你妈在哪里——我说,大妈,赶紧打住吧,你这是拿我当陪聊,你不会不知道吧,现在聊天也要——"聊天也要付费"这几个字我是硬生生地咽下去了,不是我改了性子,是我怕了她,我没招没惹她,她就给我唱一出空城计,我若是向她收钱,她不定使出什么幺蛾子来整我,算了算了,远离老人,留点自尊吧。

我临出门时吓唬她说,大妈,你胆子真大,你随随便便就让我进来了,你太轻信别人了。大妈说,这可不是我轻信你,是你轻信我哎。我气大了,又威胁她说,万一我是个坏人呢?大妈朝我看看,摇了摇头,长长地叹息了一声,说,哪里有坏人,没有人,好人也没有,坏人也没有,人影子也没有,鬼影子也没有。

我从她家出来,在小区四顾,果然很冷清,只看到几位老人在小区里慢悠悠地转着,我心里一惊,莫不是传说中的鬼城?可是明明小区里是有人的嘛,虽然是老人,老人虽然老了,可他们是人,不是鬼。

虽然小区的楼牌号比较混乱,没有秩序,但我最终还是找到了访问单上填得清清楚楚的楼牌号,我现在就站在楼门前了,只是因为吃了头一次的教训,我学乖了一点,先照着访问单上留的客户电话打过去,电话响了两声,有人接了,我说,请问是王先生吗?对方说,你打错了。我"咦"了一声,对方立刻说:"骗子,骗子还咦什么咦。"就挂断了电话。

我站在楼前想了一会,不知道哪里出问题了,只好又打电话回公司,重新确认了地址和电话无误,我就直接找上楼去找人了。

上了楼,我按门铃,铃声清脆响亮,可按了半天,始终没有人接应,我换个办法吧,抬手敲了一下,嘿,门立马就开了,我又忍不住"咦"了一声,但很快就将"咦"字缩回去了,咦什么咦,家家有本难念的经,人人都有人人的脾气,也许老人不喜欢门铃声呢。

这回对头了,是位老先生,他一手把着半开的门,一手遮着眼睛想看清楚我的脸面,我凑到他面前,让他瞧仔细了。

老人家朝我点了点头,估计对我的长相还算满意,问我说,你找我吗?我见他年事已高,又具有知识分子模样,赶紧汇报说,老人家您好,是您的儿子委托我来看望您的。

我平时的工作和生活中,根本和一个"您"字沾不上边,这会儿左一个"您",右一个"您","您"不离口,这让我感觉良好,觉得自己长了一个层次,是个文明人。

老人家却并不因为我跟他来文明的,他就跟我客气,他可是一点也不文明,也不礼貌,鼻子里重重地喷出一股气,冷笑道,省省吧,少来这一套。我向来反应灵敏,立刻知道老人家是对儿子有意见呢,我赶紧吹牛拍马撮合他们,我说,老人家,您儿子是个孝子哦,他特地找到我们公司,请我们代理,是付费的。老人家继续"哼哼"说,黄鼠狼给鸡拜年呢。我心里暗笑,但面子上我得做足了孙子,我赔着笑脸说,老人家,您这比喻,嘿嘿——老人说,怎么?我说得不对吗?我还不知道他安的什么心吗?不就是黄鼠狼给鸡拜年吗?

他硬说自己的儿子是黄鼠狼,自己是鸡,我也拿他没办法,但是我得想办法让他接受我的看望,在访问单上签名,我好回去交差,按月领工资。我耐心说服老人家,您儿子工作忙,抽不出时间回来,所以让我来——其实也不会太麻烦您,您只要在单子上签上您的大名——老人家硬是不给我面子,拒绝说,我不会签的,我又没有让他找人来看我。我再引诱说,老人家,您如果不签字,那可不合算呀,您儿子付费可是白费了。老人家说,白费?白费才好,别说这点费白付,这个儿子我都是白养的。我再换个地方打一枪,我说,老人家,现在有了法,子女不回家看父母,会违法的,您不愿意您儿子违法吧?老人家抢答道,我愿意他违法,我希望他违法,他违了法,就进去了,就不能委托你来看我了。

我自以为算是个能瞎掰瞎扯的货,可这风烛残年的老人家竟也不比我差,而且他比我有耐心,沉得住气,这原因我也知道,因为在这个事件中,他不要赚钱,我要赚钱,人一要赚钱了,心态就不一样了。

我虽然急于要赚个开门红,但我知道性急吃不了热豆腐,我更知道天上没有白掉的馅饼,只有白掉的砖头。所以我不毛躁,我比他更有耐心,更沉得住气。我暗地里运了运气,重新再开始,我说,老人家,您的手一直支着门,会累着的,不如让我进屋坐下来慢慢谈。我这一说,老人家的手果然放了下来,只不过我立刻看出来了,他不是要让我进屋,他是要关门了,我的心往下一沉,正在这时候,屋里边有动静了,出现了一位老太太,说,我正在午睡呢,你们吵醒我了。

我正要道个歉,那挡着门的老人家却说,你不用和她说话,她是个聋子。我奇了,聋子还能被吵醒。老太太又生气说,我虽然耳朵聋了,但我佩戴了助听器。我又奇了,睡觉还戴助听器,怕没人吵醒她吗?

真搞不懂他们。不过好在我并不想搞懂他们,有我的父亲母亲做参照系我也不觉得他们有多奇葩。

我递上两盒保健品,告诉他们这是他们的儿子委托我代买代送的,可那老人家鄙夷地用眼神拒绝了我,还好那老太太用的是另一种手段,她伸手接了过去,说,干吗不要,不要白不要——我看看是什么。她戴上老花镜看了一下,立刻就推了开去,说,喔哟,以为什么东西呢,这不是保健品。我指着盒子解释说,您仔细看看这上面的说明,是保健品,活络筋骨,强身健体,等等。老太太说,这是虚假广告,骗人的,以不毒死人为底线。

我不能再和这两位有文化的老人纠缠下去了,我赶紧掏出委托单说,王先生,请您签个字吧。老人家又立刻翻脸说,我不姓王,王八蛋才姓王。真出了奇,他说他不姓王,我倒恰好是姓王,他是在骂我吗?我且忍了,听他继续数落道,别说我不姓王,就算我姓王,他个王八蛋也不会来看我,更不可能付了钱叫别人来看我。我忍不住说,您是大学教授,说话怎么这么粗鲁?老人说,孔子曰,所谓诚其意者,毋自欺也。

天哪,他居然用孔子的话来骂人。

任凭我历经风雨饱受重创跌跌爬爬走到今天,我还没碰见过如此有水平的老人家呢,有人说是老人变坏了,有人说是坏人变老了,我不知道到底是谁说得对,我气得两眼翻白,忍不住说,孔子解决不了的问题,老子帮你解决。

其实孔子解决不了的问题,老子也一样解决不了。最后的结果使我很受伤,刚刚出马,就跌落下来,我可没脸回公司,在大街上茫然转着舔伤口呢,忽然我看到路边有一家花店,我咬咬牙,隐忍着作痛的小心脏,去花店买了一束玫瑰花。

我捧着花又回到那个鬼见愁小区,这回是那聋子老太太开的门,她一看到花,就冲着我说,还没毒死我们,就来送花圈了?我说,这不是花圈,这是花。老太太说,把花圈起来,就是花圈,你以为他不想给我们送花圈吗?

明明是我买的花,她又归到她儿子头上,那儿子岂不是冤哉枉也,可我才不会为他鸣冤叫屈,我自己的冤屈还没得解呢。何况以这老两口的奇葩思路,我要是送黄金,他们肯定认为儿子要逼他们吞金自杀;我要是送钻石,他们会说里边有毒辐射;我要是送大粪呢,他们一定把大粪朝我当头一泼。

为了预防他们泼我大粪,我必须得后退一步,可我实在是没有退路,身后就是楼梯,后退一步我就滚下去了,还好那聋子老太没有逼我滚下去,她还主动和我说了话,她告诉我说,喂,其实我不是聋子。我朝她耳朵上夹着的线看了看。她就揪了下来,递到我眼前说,你看,假的,不是助听器,就是一根普通的线和一只小塞子,是我自己做了骗他们的。

我不知道她要骗谁,不过我还是小心一点,原先我以为以我这样的鬼马之才,亲自出马对付几个老人,那还不是手到擒来,可是事实无情地击毁了我的自信,我知道错了,我知道老人也不是好对付的,我千万不要再自以为是了,搞不好我被一个聋子老太卖了还替她数钱呢。

那脸可真丢大发了。

小心归小心,我的任务还是得想办法完成呀,我说,老人家,既然你不是聋子,那就太好了,我刚才在你家说的话你都听见了吧,你们的儿子——老太太朝我摆手,我奇怪说,怎么,难道你们没有儿子?老太太重新把那根做摆设的线夹到耳朵上,对我说,你说什么,我耳聋,听不见。我喷她说,你不是戴着助听器吗?老太太说,这个助听器效果太差,便宜没好货,他们说得买两万元以上的,才听得见。

这事情实在太诡异,太恶心,我终于要被他们气走了,我也应该被他们气走了,我把访问单朝他们的桌上一摔,老子不干了还不行吗?

真是还不行,因为意外的事情又接着来了,老两口见我要走,赶紧招呼我等一下,他们找了笔来,居然主动在访问单上签了名。

我又觉得离奇,问道,那你们承认这个委托人王先生是你们的儿子啰。他们神回答说,我们签名,只是我们向你表示歉意而已,因为你的骗术没有得逞,我们虽然年老,但防骗能力还是有的。我赶紧拍马说,那是超强的。他们说,你也辛苦了半天,陪我们说了那么多假话,也付出劳动了,我们就签一下名而已,举手之劳,予人玫瑰,清香自留。

真有学问,这样的话我听都听不懂,他们都说得出来。

我就把玫瑰留在老人的屋里了。

可我还是大意了,出了屋子,下得楼来,我才想起看一下访问单,才知道我的任务并没有完成,他们虽然签了名,但他们签的名,不是我公司需要的名,他们还是不姓王。所以,实际上我还是没有拿到他们的签名,我不知道他们是真的不姓王,还是不愿意姓王,如果他们真的不姓王,那就是委托单出了差错,如果他们本来姓王,现在却不愿意姓王了,那是不是意味着,他们和自己的儿子之间早已经断绝了关系呢?

我心里头顿时一闪,我又联想到我的父母大人了,一时间我甚至觉得是我的父亲母亲和我恩断义绝了呢,我掏出手机给父母家打电话,却没人接电话,再换打手机,手机也停机了。我这才恍惚记起,他们似乎有日子不来骚扰我了。不过我可没指望他们已经放弃了我、不再来纠缠我了,绝不可能。即便我不是他们亲生的,他们也早就把我当成亲生的一样折腾了。

可我还是不能回公司呀,这单任务可是我代望老人的首秀,就这么铩羽而归,不是我的风格。

现在我又站在凌乱的楼宇之间了,我比第一次更绝望,完全没了方向感,我茫然无目的地走啊走啊,走到小区的门口,看到门卫室的时候,我心里一惊,难道我承认失败了?难道我知难而退、望风而逃了?

小区保安年纪也不小了,他大概很少在小区看到我这样英俊潇洒的年轻人,所以直盯着我看,我可是怕了这小区里的奇遇,我应该逃避他。可是,除了他,小区空无一人,我还真不能逃避,我上前把访问单递给他,请教他说,麻烦你帮我看一看,这个地址到底有没有问

219

题。他一看,立刻笑了起来,没问题呀,就是你刚才进去又出来的那个楼嘛。我一听,感觉有戏,赶紧追问,他们家有儿子吗?老保安说,有呀。我没料到进展这么顺利,担心不牢靠,再追问,你怎么知道?老保安说,我是保安,守在门口,我天天看到,怎么会不知道。我又有了奇怪的感觉,赶紧问,你天天看到谁?老保安说,当然是他们的儿子啦。我又更奇了,难道他们的儿子天天来看望他们?老保安说,奇怪,他就住在这里嘛,不叫天天来看望,那叫天天回家。

既然他和父母是住在一起的,为什么还委托我们看望他父母?

你们可能早已经觉察出来了,我的思路出了问题,因为我太想完成任务了,所以在我的潜意识里,一开始就认定他们就是我要找的王姓人家,人家明明不承认姓王,何况人家明明是父母和儿子住在一起的,我却偏要强加于他们,我感觉自己走火入魔了,赶紧换个话题说,他们家那老太太一会儿聋,一会儿不聋,她到底是不是聋子?那老保安"切"了一声说,又装神弄鬼,那个聋子早就死了。

我在外面随便吃了点东西应付一下肚子,耗掉些时间,我越想越不能甘心,房子明明就是那个房子,电话也明明就是那个电话——我再次拨打了那个该死的电话,电话铃只响了一声,就有人接电话了,真够快的,我也抓紧了快问,是王先生吗?对方说是。终于找到王先生了,我心里一块石头落地,但很快我又奇道,王先生,为什么我中午打电话时你不承认,他说,中午不是我接的。我更觉不可思议,说,难道你家里的人不知道你姓王?他说,他才不是我家里人——家里人个屁,一间朝北的小屋收我八百块租金。我这才恍然大悟,原来他是那一家的租客,难怪中午我去的时候有一扇门一直关着呢。可我还是好奇,我说,我怎么听你的声音那么熟呢?那王先生说,我听你的声音也不陌生呀。

废话少说,我直奔主题,不仅确认他姓王,还确认了他们确实知道儿子委托了人去探望他们,他们正在家翘首等待呢。我心想,这回看你再往哪儿跑。

我赶紧再次上楼进门,中午那一对知识分子老人不在,换了另一对老人在,果然是待在一间朝北的小屋里,屋子很小,光线很暗,我乍一眼看过去,怎么觉得他们有点眼熟,我奇怪说,咦,我在哪里见过你们?他们对我,竟然也有同感,说,嘿,你好面熟啊。

我想到熟人好办事,如果我和他们有交情,那他们一定不会再为难我,我就可以拿上他们的签名走人了。所以我得赶紧把他们想起来,可我仔细地想了又想,却无法确定他们到底是谁,从前同事的长辈?没有印象,前任女友的父母?也没有印象,大中小学的老师?更没有印象。

明明是熟的,却又想不起来,明明就在眼前,却又觉得遥远,我有些沮丧,只好玩老一套的把戏,套近乎说,老人家,原来你们是租房子住的,你们不是本地人啊。那老人说,我们原来一直是住在一个小镇上,离这里很远,我们的儿子很有出息,大学毕业后就留这里工作了,是公司白领。我觉得这下对上号了,赶紧说,这就对了,你们的儿子很孝顺,他工作忙,抽不出时间,何况最近又出差了,所以委托我们代理公司来看望你们。

老两口很高兴,除了不停地感谢我,还主动跟我聊了他们的情况,那老先生说,我在小镇上当了一辈子小学老师,我一听,心里居然瞎跳了一下。那老太太又来戳我心惊,说,我从前是镇上医院的护士,后来退休了。

我感觉有点不对劲,随便应付了几句,就想提前结束任务了。我拿出访问单请老先生签名,老先生爽快地签上名,我接过来一看,竟然和我父亲同名,我心里忽然有一点异常的敏感,赶紧编造说,这访问单需要老夫妻双方都签名,他们也信了,老太太也麻利地签上名,我再一看,竟是我母亲的名字,这回我彻底惊呆了,再仔细看他们,我认出来了,怎么不是我父母亲呢,他们就是我的父亲母亲呀,他们难道不认得我了吗,我也在访问单上签了自己的名字,其实这名可以回公司结算时再签的,但我提前签了,我把访问单递过去给他们看,他们一看我的名字,笑了起来,说,这不就我们儿子的名字嘛,你不就是我们的儿子嘛。

我和我的父亲母亲互留了新的联系方式,我就和他们道别了。

我的任务完成了。

回到公司,我告诉同事说,今天巧了,我上门代看的居然是我的父亲母亲。我同事说,那就奇了怪,他们不就你这一个儿子么,你又没有委托你自己去看望他们,那是谁委托的呢?我说,那就是他们自己委托看自己的。

我老板毕竟比我们精明,比我们更有经验,他看了看访问单,跟我说,你父母的名字是你签的吧。我吓了一跳,这怎么可能?我老板说,你自己看看,跟你的笔迹一模一样的嘛。

我老板见我紧蹙眉头,过来拍了拍我的肩,鼓励我说,这就对啦,当初我看中你的,不是你的工作能力,而是你的想象能力,我果然没看走眼。

他没看走眼,我可傻了眼,我还在思索着这个故事的来龙去脉,我老板说,行了行了,别再编了,你已经编得很赞了。我不服呀,我冤大了呀,我说,老板,你凭什么说我是编的?我老板笑道,那个小区本来是一个无人区嘛。

原来,我去的那个小区,早几年就准备改造了,住户全迁走了,资金却掉链了,就成了无人区。

但是那张委托单是哪来的呢?

这太好解释了,是我自己填写的罢。

五彩缤纷

我老婆其实不是我老婆。或者说,现在还不是我老婆,我们还没领证呢。

没领证,在出租房里同居,这种事情很多,也很普通。我们大学毕业,远离家乡,在陌生的城市打拼,要有事业,要赚钱,还想要爱情,还想有家庭和孩子,想要的确实太多了一点,那日子会比较辛苦。

不过目前还好啦,我们还没有想得那么远,我们辛勤工作,可以积攒一些钱下来,为今后的日子作准备,虽然必须省吃俭用,精打细算,但毕竟还是比较轻松自由的。

不料出了意外,我老婆怀上了。孩子我要的,我跟老婆说,孩子都有了,我也甩不掉你了,我们去领证吧。我老婆说,领证可以,按先前说定的办。

先前我们说定了什么呢,这一点也不难猜,又是一件再正常不过的事情,先买房,后领证。

没有房子怎么结婚,这是正常要求,即使老婆不提,我也会做到的。但现在的问题是,我得把我积攒了几年的钱倾囊而出,才能付首付,接下去的日子,就不知怎么过了。我把我的忧虑和我老婆说了。我老婆说,那我管不着,反正没有房子不领证,这是当初说好了的,也是最起码的。她说得不错,这确实是最起码的。我老婆也不是个物质至上主义,她没有要车,没有要其他更多的东西。

但即便是她的最起码的想法,目前我也有难处,我得靠我的嘴上功夫,让她暂时地将这个念头搁置下来。于是我开始说,老婆,买房这么大的事,急不得呀。我又说,那是买房呀,不是买青菜萝卜,说买就能买来。我再说,老婆,现在我们的当务之急,尤其是我的当务之急,是保养好老婆,保养好老婆肚子里的孩子。我还说,老婆,你也是有文化有知识的年轻人,你想一想,到底是人重要呢还是房重要?

我老婆才不理会我的战略战术,她才不和我对嘴,她沉得住气,原则性强,从头到尾只有一句话,按原先说的办,不买房,不领证。

我无话可说了。

我已经受了我老婆思想的影响,看来房是非买不可的了。我说,老婆,你想想,就算我们现在立刻买房,我们肯定买不起精装修房,肯定是毛坯房,毛坯房得装修吧,再怎么简装,也得几个月吧,那时候宝宝已经出来了。我老婆说,宝宝出来跟房子没关系。我说,怎么没关系,新装修的房子,你敢住吗?就算你不怕,你敢让宝宝闻那种有毒的油漆味吗?

那是常识,装修完了,怎么也得晾它个一年半载才敢入住啊。

我这是拿还未出世的孩子要挟她,我以为这下子将到她了,哪知她早就想好了应对的台词了。她说出来的台词,吓我一个跟头,你以为我急着买房子是急着要住吗?我奇了怪,不急着住干吗要急着买。我老婆问我,你以为我买的是房子吗?我也不傻,我说,我知道,你买的是安全嘛。可是我若要变心,不会因为有房子就不变心的。我老婆说,是呀,你变了心,我至少还能得到一套房子。

这种对话实在平常而又平庸,大家见多了去,不过请耐心等一下,这只是为下面的事情做铺垫,马上就会出现不一样的事情了。

现在我完全没有退路了,只好朝买房的方向去考虑了,好在这是我的第一套房,应该是比较优惠的。我打听了一下买房的程序,先到房产局去开证明,证明我是无房户,这样才能享受到第一套房的种种优惠。

到了房产局,他们一查电脑,却告知我说,我已经有房了。我大吃一惊,以为天上掉下馅饼来了,不,这可不是一块馅饼,这是一套房子啊,难道是圣诞老人或者干脆是上帝他老人家送给我的?

做梦吧,别说房子,天上连馅饼都不会掉的。

可我的名下确实有一套房,这到底是怎么回事呢?

房产局那人用怀疑的眼光看着我说,现在全部都联网了,想冒充无房户是不可能的。我着急解释说,我确实是无房户,我和我老婆住在出租房里,现在我老婆肚子大了,我们要结婚,要买房,等等等等。他哪里爱听这样的话,但后来看我真的急了,或者他自以为从我的焦虑的眼睛里看到了我的诚实,他才告诉我说,既然你不肯承认你名下的这套房是你的,那只有一种可能。我赶紧问,什么可能?他说,有人用你的身份证买了房。他见我发愣,又补充说,虽然可能是别人买的,但既然用了你的名字和身份,你就不是无房户了。

我怎能相信这种莫名其妙的事情,我说,会不会你们搞错了?他又朝我看看,还朝他的电脑看看,反问我说,你不要吓我,你是不是想说,有人黑了我们的系统?我也吓了一跳,若是真有人黑了房产局的系统,岂不要天下大乱。

我知道那是不可能的。但如果它不可能出错,那么错在哪里呢,谁会用我的身份证买房呢?那人看了我一眼,觉得我连这样的问题都想不明白,极品脑残。其实我怎么会想不到呢,这个"谁"的可能性还是比较多的,比如亲戚朋友啦,比如老板啦,比如骗子啦。

可是现在我脑子里一片空白,我依据什么去把这个"谁"想出来呢?

见我站在窗口什么也不干,光发愣,后面排队办事的人着急了,我只得先退到一边,朝大厅的椅子上一坐,犯起糊涂来。

我旁边有个人架着二郎腿,哼着小曲,心情特好,我朝他一看,他立刻对我笑了笑。我说,你笑什么,我认得你吗?他说,恭喜你,你有房子了。见我干瞪眼,他又说,不是有人用你的名义买了房吗,既然是用你的名字,房子就是你的嘛,房子是什么,不就是一个人的名字嘛。我说,可房子不是我买的,钱不是我出的,怎么会变成我的房子呢?他说,这个太简单了,我教你怎么搞啊,你带上你的身份证,先到售房处去复印合同,人家问你为什么要复印合同,你就说合同丢了。我说,那可能吗?他说,他们没有理由不让你复呀,房子就是你的嘛,身份证和人都对上号了嘛。然后你拿了合同,再到房产局去,补办房产证,你也可以跟他们说,房产证丢了,你有身份证,有购房合同,他们同样没有理由不让你补办,等办好房产证,房子就是你的了。

我听后,简直如梦如幻。他见我傻样,以为我担心什么,又指点我说,你怕夜长梦多吗,那就赶紧把房子卖了。

我的心里早痒起来了,一套房子,就这么到手了,只费了一点点吹灰之力?他见我不信,鼓励我说,信不信由你,你做做看就知道了。我疑惑说,这是违法的吧?他说,如果那个人确实在你不知情的情况下,用你的身份证买房,那是他违法在先。

他违法在先,我违法在后,那我不还是一样违法么。出主意的这人挺为我着想,说,你急于出手房子,一时找不到合适的买主,可以卖给我,我要。

我赶紧走开了,他还在背后说,要不要留个电话给你?我摆了摆手。他又说,不留电话也没事,我经常在这里,你要是想通了,就来这里找我。

我只听说外面骗子很多,很离奇,我以为这个人也是骗子,但我又不能确定他是骗子。无论他是不是骗子,他指点我做的事情我是不能做的。

如果我不能买首套房,我就买不起房,因为首套和二套的首付是不一样的,契税和房贷也不一样。可我不甘心就这样白白地丢失了我的第一套房的资格,虽然那套房已经在我的名下,但它毕竟不是我的房呀。

我得找到用我的名字买房的那个人。

我到了售楼处,把情况跟他们说了,他们爱理不理,说,这事情你别来找我们麻烦,跟我们无关。我气不过,说,怎么跟你们无关,你们没有尽到你们的责任,把我的名字让别人用去了。售楼处说,你跟我们有什么好吵的,你自己把身份证借给别人买房,还怪我们。我说,我怎么可能把身份证借给别人买房。他们说,这事情现在多得很,不管是怎么借的,出让身份证的人,肯定能得好处的。我跟他们生不得气了,我只说我要看那购房人的资料,他们又不同意,说客户的资料是要保密的。我反驳他们说,保密个屁,我单位有个同事,刚买房,登记在售楼处的信息立刻被出卖了,装修公司,中介公司,高利贷公司,各色人等,立马来骚扰。他们见我这样指桑骂槐,也不跟我生气,但就是不肯透露信息,他们是怕我影响了他们的声誉,搅黄了他们的生意吗?可他们这种人,也有声誉吗?

我回去将这离奇的事情告诉我老婆,我老婆以为我骗她,以为我不肯买房,跟我闹别扭,我怎么解释她也不信,我没办法了,只好说,要不你和我一起去那售楼处?她又不肯去,说,你肯定事先和售楼处的人商量好了来骗我。

女人的想象力真丰富啊。

我只好又回到售楼处,威胁他们要举报,他们还是怕我举报的,最后把购房者留下的联系电话给了我。我一看两个号码一个是手机一个是座机，寻思着肯定打手机更方便找到人，就立刻打了那个手机号码，却不料听到是"已停机"，我心头顿时掠过一丝不安和惊慌，手机都已停了，座机还会有人接吗，但无论如何死马得当活马医呀，再照座机号码打过去，呼叫声响了六下，我心里又"咯噔"了一下，料是无望了，但就在这绝望刚刚升起来的时候，在电话铃响到第七声的时候，有人接电话了，是个女的。我一听是个女的，下意识地"咦"了一声。那边就说，咦什么咦，打错电话了吧，以后把号码搞搞清楚再打，把人搞搞清楚再说话。我说，哎——我没有打错，我找的就是你，你在某某小区买了套房吧？那女的立刻警惕说，买房？买什么房？你个骗子，又想什么新花招？我说，我不是骗子，可是我碰到了骗子，骗子用我的名字买了房子。那女的说，那你找骗子去。我说，我找的就是你，房子就是你买的，在售楼处登记的就是你的这个号码。那女的停顿半拍后惊叫了一声，说，什么？什么房子？我说，我的身份证被你盗用了，在某某小区买了一套房，有这事吧？那边没声音了，我以为她想抵赖，我不怕她抵赖，我有的是证据。哪知过了片刻，她大叫一声，我操你个狗日的！你竟敢买房！这声音实在刺耳，我说，你怎么骂人呢，又不是我买房，是有人盗用我的名字买房。她不听我解释，仍然骂人说，你个乌龟王八蛋，叫我住出租房，自己竟然有钱买房养小三。我这才明白过来，她大概是骂她老公或者男友的。果然，她又骂了许多脏话粗话，我实在听不下去，说，事情还不知道怎么个真相呢，你已经把祖宗八代都骂遍了，等到事情真相揭发出来，你还用什么东西来骂人？她忽然又大哭起来。

我不想听她哭,但我还是想从她那儿得到一点有用的信息,我只得耐下心来劝她,我说,你先别哭,可能里边有什么误会吧,你再仔细想想,既然你没有用我的名字买房,那是你家里其他什么人?她顿时停止了哭声,头脑冷静思路清晰地说,我老公为什么不用他自己的名字买房,怕我知道,所以,他用你的名字买房,你肯定是他的狐朋狗友,你才会借身份证给他,让他买房,包庇他养小三。

我怕了她,我还是赶紧败下阵去吧,我再也不想从她那儿得到什么了,我挂了电话。

她却没有罢休,反过来又打电话来,追问那套房子在哪里。她这追问这还真提醒了我,我又到售楼处去了一趟,查到了房子的具体地址。

我到了那个小区,莫名其妙地,心情居然有些激动。小区是新建起来的,看起来刚刚交付,都是毛坯房,里边还没有住户,我找了一圈,找到了某幢某层,上去一看,门关着,里边不像有人的样子,我还是敲了敲门,自然也是白敲的。

我并没有泄气,跑得了和尚跑不了庙,他房子买在这儿,我不怕他不现形。过一天我又来了,还是没有人,我刚要下楼,看到有人上楼来了,手里拿着钥匙,开对面那套房的房门。但我看他的穿着和模样,不太像是房主。那个人看出我的怀疑,主动说,我是搞装修的。我怀疑他他倒不生气,还和我聊天,问我是不是隔壁的房主,需不需要装修。我说是来找他隔壁的人家的,他问找他们干什么,我没敢说出来。

他见我支吾,也没有追问,只是说,他接了这一家的装修活,来过几次,没有看见对面人家有人来过。又说,一般刚刚拿到手的毛坯房,如果不马上装修,房主是不会来的。我委托他代我留心点,留了个电话给他,他点头答应了。

我出小区的时候,又经过售楼处,心里来气,我又进去了,他们都怕了我,躲躲闪闪,互相推诿。我责问说,你们提供的电话不对,你们是有意糊弄我的吧。他们指天发誓,那人留的就是这电话。我怀疑说,这电话的主人根本不知道买房的事,难道你们不和买房的人联系吗?他们说,我们还和他联系什么呢,房子已经售出,一手交钱,一手交货,我们再也不会联系他,只有他可能来联系我们,我们最怕的就是这个了,如果接到他的电话,那必定是哪里出了问题,麻烦来了。

还是那个搞装修的人讲信用,有一天他给我发了个短信,说对面房子有人来了,让我赶快去看一下。我立刻赶到那儿,这回终于让我抓住了一个真实的存在。可是最后结果并没有显现出来,因为被我抓住的这个人,并不是房主,他是房屋中介。

原来那个用我名字买房的人,打算出租他的毛坯房。不管怎么说,我庆幸自己又推进了一步,有中介就有房主,我离那个盗用我名字的人应该不远了。

这时候我还不知道,其实我前面的路还遥遥无期呢。接着中介就告诉我,房主是在QQ上留的言,没有其他联系方式,只有QQ号。也就是说,我要想找到房主,仍然要守候,只不过是从毛坯房前挪到QQ上而已。

我先上去找他,说我要租房,希望他能够现身。可是他没出现,我想我可能暴露了,因为他明明已经委托了中介,租房应该和中介联系,为什么要直接找他呢?他一直不出现,我急了,耍了个流氓手段,在群里发言说,有人用我的名字买了房子,我现在已经复印到了购房合同,打算明天就去补办房产证了。群里大家欢呼雀跃,为我高兴。

我以为这下子可以把他逼出来了,可是他仍然隐身。他这才叫耍流氓,那是真流氓,我这假流氓倒也拿他无奈,我不能真的去办房产证啊。

正在我山穷水尽疑无路的时候,先前那个骂人的女人倒来给我指路了,她主动打了个电话给我,情绪大好,和当天电话里那个愤怒的女人简直判若两人,完全判若两人。她耐心地告诉我,冒我名字买房的不是她老公,而是她现在住的出租房的前任住户,她已经通过房屋中介,帮我了解了他的踪迹,提供给我进一步追查。最后她还向我道了歉,说上次说话难听不是针对我的。

我虽然有些奇怪。但她的态度也让我更相信了一个事实,爱情确实能够让一个人完全变成另一个人。

我根据她提供的信息,找到了那个冒充者现在居住的另一处出租屋,我不知道他为什么要从一个出租屋搬迁到另一个出租屋,唯一能够让我作出一点判断的就是前后两处出租屋大小和质量有所差别,这地方比那地方更小更简陋。看起来他的经济状况也不怎么样,恐怕每个月的还贷压力很大吧。这也是我很快将要面临的难题哦。

所以一看到这样的出租屋,我立刻联想到了我自己的生活,在胡思乱想中我敲开了这间出租屋的门,开门的是一个孕妇,肚子和我老婆的肚子差不多大,看到她的一瞬间我真吓了一跳,以为她就是我老婆呢。本来嘛,同样的出租屋里的孕妇,能有多大的差别呢。

本来我肯定是气势汹汹的样子,但一看到这样的屋子,屋子里这样的人,我的气势顿时瘪了下去,我能够对着一个和我老婆一样的住出租房屋的孕妇大吼大叫或者横加指责吗?

我平息了一下积累在心头愤怒,尽量用和缓的口气询问她老公在哪里,我不跟孕妇说话,我要找的是她老公,那个冒我的名字买房的人。可孕妇告诉我,他们虽然在一起几年了,她肚子也那么大了,但从法律的意义上说,他还不是她老公,他们还没有领证。我心里"嘻哈"了一下,真是和我的遭遇越来越像哦,由此我又联想到,在这座城市之中,在许许多多的城市之中,在苍穹之下,还有多少和我们的日子相差无几的男女呢?

但无论如何,我还是得找到冒名者,要他还我名来,还我购买第一套房的优惠权。我不能因为他们没有领证就放弃我的寻找,我再问了一遍,你老公现在在哪里?孕妇倒也很坦白,告诉我她老公回老家补办身份证去了。

我感觉到事情正在渐渐地浮出水面,又出来了一个身份证,这是好事,只要能和身份证联系上,我相信离我的目的会越来越近。我赶紧抓住她的话头,问她老公叫什么名字,她说她老公叫吴中奇。

我觉得很荒唐,荒唐得让我笑出了声。可是任我怎么笑,她也不觉得奇怪,只是很平静地看着我,我拿出我的身份证递过去想让她确认一下,可她并不接,她根本不看。我只得说,他是冒名的,他不是吴中奇,我才是真正的吴中奇,他捡了我丢失的身份证,他就做起了吴中奇,但他是假的。那孕妇说,他不是捡的,他是买的。我嘲讽地说,买身份证,这都是新闻上才能看到的新闻,你们居然就是新闻。孕妇并不计较我的态度,她很淡定,继续告诉我说,她老公的身份证丢失了,原本打算要回老家补办的,但时间来不及了,只好先去办一张假的,然后等有时间回去补办真的身份证,等到补办好了真的证,那假的也就自然作废了。我奇怪说,那他真的就办了一张名叫吴中奇的假身份证,怎么这么巧,恰好就是我的名字。孕妇说,这么巧是不可能的,他们办假证的人手头有一大堆真的身份证,有的是捡来的,有的是收购来的,不知道有没有偷来的,或者是别人偷来卖给他们的,反正里边有一张你丢失的身份证,卖给了我老公,所以他暂时只能叫吴中奇了。她见我发愣,又给我补充说明,其实我老公当时也怀疑过的,用别人丢失的身份证,万一被丢身份证的人发现了怎么办。人家笑话他说,你看看这身份证上的地址,离我们这儿多远,八竿子都打不着,你想碰上都没有一点可能性。

　　我说,你老公不长脑子吗,他不想想,那么远的身份证,怎么会丢在这里,丢在这里,只能说明我离得并不远。她说,他哪有想那么多,那时候急着买房,也不管不顾了。虽然她很坦白,说得也很对路,但我还是觉得有疑,因为我的身份证丢失以后,我立刻去补办了新的身份证,原则上说,在我补办了新身份证的同时,我丢失的那个身份证就已经作废,可是他们居然用的作了废的身份证顺利地买了房。我表示怀疑说，你们竟然用一张已经失效的身份证买房，卖房子的人怎么这么随意，不仅没有核对本人和身份证的信息，甚至都没有上网核查。这孕妇说。核对什么呀，他们只核对钱，别的一概马马虎虎，说实在的，买房时我们也有点担心的，照片上的你，毕竟和我老公不太像，但他们连看都没看一眼，就跟我们签合同收定金了。

这种事情也稀松平常，别说售楼处，就算是银行，也经常有人用捡来或偷来的身份证开户，然后透支，然后银行找到身份证的主人，然后主人说，我冤枉呀。银行可不管你冤不冤枉，要你还钱，然后就是打官司上法院了。那可是没完没了的战争，一直搞到你筋疲力尽。

现在我也轮上一件这样的事，我可不想追究，我实在没有那工夫，我要工作赚钱，我要照顾怀孕的老婆，我要为即将出世的宝宝做准备，最重要的，我还要买房子，我哪里有一点空闲的时间去跟他们纠缠真假身份证的事情，我只希望这个冒充者早点补办好他自己的身份证返回来，然后我们去过户，把我的名字还给我就行了。

这孕妇见我着急，安慰我说，别急别急，很快的，一两天就能回来了。她态度好，我却好不起来，我来气地说，现在房子多的是，你们就那么着急买房子，急到都不能用自己的名字买房？什么事那么急呀？那孕妇奇怪地朝我看看，说，你是明知故问吧，我怀上了呀，是做人流手术，还是生下来，取决于房子，他要孩子，当然就要立刻买房子，哪怕先借用别人的名字。

苍天，怎么跟我的事情越来越像，我心头竟滋生出一些恐惧，下意识地朝她看看，我是不是该怀疑她是我老婆扮演的一个人？

孕妇看起来一点也不想瞒着我什么,她又主动告诉了我一些情况,但是我对他们的气仍然郁积着,我也顾不得她身怀六甲,恐吓她说,你们不怕我真的把房子卖掉。孕妇说,怎么不怕,就是因为看到你在QQ群上留的言,我老公才会在这时候赶回去补办身份证,我就要生了,也许他还没回来,孩子就生下来了。

我实在无言以对。

现在唯一可以指望的就是冒充者从老家带回他自己的真实的身份。

其实,在焦虑之余,我倒是很想见一见这个假我。

可是我一直没有见到他。

他没有再出现,他失踪了。但不管怎么说,他还算是个负责任的人,他把办好的真的身份证寄给了他老婆,还委托了他的堂弟,冒充他去帮嫂子办过户,但他自己从此没有再出现,他说他自己失踪了,房子留给老婆。可那孕妇哭着说,留给我有什么用,我用什么来还房贷啊?

我忽然吓了一大跳,我知道他们的房产证上,是用的他们两个人的名字,呵不,不是他们两个人,是我们两个人,是我和这个不是我老婆的孕妇的名字。

既然名字是我的,搞不好银行会来向我收贷款,我赶紧催着她去办过户,她自知理亏,答应我约到堂弟就去。

我提心吊胆地等了一天,还好,那个冒充者的堂弟也讲义气,就和我们一起去办过户了。当然,如果我不去,他们一定还能再找到一个人去冒充我的。

那天在办理大厅,我注意观察了一下那个堂弟的神色,发现他一点也不慌张,谈笑风生的。

出来的时候我问他,你冒充你堂哥,倒蛮镇定的嘛。你是不是经常做这样的事情。那堂弟说,现在有谁来注意你的真假,一手交钱,一手交货,干脆利索。何况,他毕竟是我堂哥,我们毕竟还是有点像的,即使是完全不像的两个人,只要有证件,都能办成事情,甚至哪怕证件也是假的,假人加假证件,也一样办成事。

他说得一点也不错,这正是我所经历的。

那天我回到家,老婆告诉我,房贷利率又提高了,她已经算了一下,买房以后,每个月我们两个不吃不喝,刚够还款。我以为她的意思是别买房了,就顺着她的意思说,是呀,除非我们能够做到不吃不喝,我们就买房。哪知我老婆教训我说,吃喝重要还是买房重要啊?

那一瞬间,我简直怀疑那个失踪了的人就是我自己。

他怎么不是我呢,我们的经历几乎是一模一样,我们的名字也是一样的。

他失踪了,我难道没有失踪吗?

有些事情很难说哦。说不定真的就有两个我呢。

那个我,冒了我的名,害我忙了一大通,才做回我自己,不过我还是觉得挺同情那个我的,这家伙忙了半天,结果什么也没留下。

可我哪里是有资格同情别的人,哪怕那是另一个我,我都没有能力去关心他,我还是可怜可怜我这个我吧。

现在,几经周折,总算将那套房子换了名字,现在好了,我的名下没有房子了,我又恢复了购买第一套房的资格,我喜滋滋地去买房了。

到了售楼处,我被告知,刚刚颁布了新的条例,单身不能在本地买房,除了要有本地本单位的证明,最重要的是要结婚证。我说,我还没结婚呢。他们说,那你先结婚嘛。我说,没有房不肯结婚呀。他们说,不结婚不能买房呀。

我真急了,说,怎么说变就变呢?他们说,所以说这东西像月亮嘛,每天一个样嘛。我说,你们这是成心不让我们买房呀。我这样一说,他们委屈大了,差一点要哭了,说,我们也没办法,我们也不想这样,我们恨不得什么条例也没有,我们恨不得什么条件也不讲,人人都能买房。但是现在在风头上,抓得紧,谁违反谁吃不了兜着走。

我原来以为我碰到的事情够沮丧,结果发现他们比我更沮丧。他们一边沮丧一边还劝我说,要不这样,你再等一等,虽然新规定很强硬,但过一阵,风头过去了,就会松软多了。

我想我老婆这回该死心了,不会再出幺蛾子了吧。哪料想我老婆要买房的意志无比坚定,说,那就先领证。

我心里窃笑,她这可是自打耳光,早答应了先领证,也就没那么多麻烦了嘛。虽然我对我老婆言听计从,只不过有些事情并不是她说怎么就能怎么的,就说这领证吧,规定必须在一方的户口所在地办证,我和我老婆的户口都在老家,我们得回一趟老家才行。

回一趟老家可不得了,别说数千里路迢迢,要转几趟车,我老婆又大着肚子,我单位还不给这么长时间的假,更重要的是,我们现在要买房了,恨不得把牙缝都塞上,哪有闲钱回老家呀。

我们求助于老家的村长,村长很热情也很负责任,替我们打听了,说规定是不允许的,一定要本人到场,但他有办法,我们只需要将标准照片寄给他,再打一点费用过去,他找两个假人冒我们去登记,为保万无一失,他会陪他们到登记处去,万一情况不妙,他还可以出面找人打招呼,总之,让我们尽管放心。

我们把照片和钱都寄过去了,果然很快,大红的结婚证就寄来了。

现在我们终于可以买房了,我们有身份证,有结婚证,有钱,还愁买不到房吗?

真的还是买不到房,因为我们被查出来,结婚证是假的。我被村长糊弄了,我打电话去责问村长,村长开始还抵赖,指天发誓那证绝对是真的,又说,是不是乡下的证和城里的证不一样,又说,你们在城里过日子干什么都要有证,也忒麻烦人了,等等等等,反正是死活不承认我那结婚证是假的。

他不肯坦白,我也有办法对付他,我查了县民政局的电话,问结婚登记处,一问就问出来了。村长这回没话说了,坦白了,说,我是带了两个人去的,长得和你们很像的,我好不容易才物色到的,可还是被发现了,现在这些狗日的,眼睛凶呢,我不好向你交代了,你不是急等着用么,我到登记处外面街上,就有人招揽生意,说可以办一张假的,我看收钱也公道,就办了。

我简直目瞪口呆,村长还继续为自己的行为辩解,说,我真以为你们看不出来的,不知你们是怎么看出来的,我还拿来和我儿子的结婚证比照了一下,真是一模一样的,看不出来的呀。

我说,看得出看不出那都是假的。村长"嘿"了一声,还亲切地喊了我小名,说,狗蛋啊,你从小可不是个计较的人,你念了大学,在城里做事了,反而变得计较了,其实人还是马虎点,活得自在。我说,也不能马虎到用一张假证来骗人呀。村长说,哎哟,什么证呀,不就是一张纸么,有什么真的假的,现在假夫妻比假结婚证多得多了,也没人管。

虽然我气村长的这种行为,但村长的话倒也给了我一些启发,我跟售楼处说,虽然证是假的,但我们两个人是真的,我们都有身份证,你们也查过了,身份证是真的,何况,我老婆肚子都这么大了,肚子里的孩子不能是假的吧。他们说,身份证和你老婆大肚子都是真的,但是你们用假结婚证骗人是不对的。我强词夺理说,也不能说我们的结婚证就是假的,你看,这照片是我们吧,这名字也是我们吧,这年龄等等,都是我们,也就是说,内容是真的,形式是假的,我们两个是真的要结婚,在乎一张纸干什么呢?售楼处显然很想卖房子,他们去请示了上级,但是上级不同意,说不能因为出售一套房子犯了规矩,查出来要被罚款的。

我们再一次被打了回来。房子再一次离我们远去。

我已经殚精竭虑了,但我老婆斗志昂扬,我老婆说,不行,我们还是得回去领证。

我老婆说这话的时候,阵痛已经开始了。

就在这天晚上,我老婆生下一对双胞胎,我给他们取名:吴一真,吴一假。

他们两个长得太像了,简直一模一样,我一直都分辨不出,到底哪个是真哪个是假。